SECRETOS DEL PASADO
Peggy Moreland

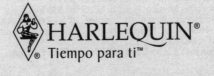

NOVELAS CON CORAZÓN

Editado por HARLEQUIN IBÉRICA, S.A.
Hermosilla, 21
28001 Madrid

I.S.B.N.: 84-396-9841-0
Depósito legal: B-29610-2002
Editor responsable: M. T. Villar
Diseño cubierta: María J. Velasco Juez
Composición: M.T., S.L.
Avda. Filipinas, 48. 28003 Madrid
Fotomecánica: PREIMPRESIÓN 2000
c/. Matilde Hernández, 34. 28019 Madrid
Impresión y encuadernación: LITOGRAFÍA ROSÉS, S.A.
c/. Energía, 11. 08850 Gavá (Barcelona)
Fecha impresion para Argentina:7.1.03
Distribuidor exclusivo para España: LOGISTA
Distribuidor para México: PUBLICACIONES SAYROLS, S.A. DE C.V.
Distribuidores para Argentina: interior, BERTRAN, S.A.C. Vélez
Sársfield, 1950. Cap. Fed./ Buenos Aires y Gran Buenos Aires,
VACCARO SÁNCHEZ y Cía, S.A.
Distribuidor para Chile: DISTRIBUIDORA ALFA, S.A.

Capítulo Uno

Rebecca miró el portafolios apoyado en la consola de su pequeña furgoneta y se mordió el labio mientras hacía cálculos mentalmente. Diez, quince minutos como máximo en casa de Eric Chambers y otros quince en casa de los Olsen para regar las plantas. Diez o menos donde los Morton para llevarles la palmera que la señora Morton había comprado para su solario. Unos veinte minutos de viaje, y llegaría a su tienda, «En Flor», a tiempo para abrir al público a las nueve.

Pero llegaría por los pelos, se dijo, frunciendo el ceño, cuando detuvo la furgoneta frente a la casa de Eric. La sorprendió ver el coche de Eric aparcado en la rampa. Eric, cuya vida se regía por un estricto horario, se iba a trabajar todos los días a las siete y media en punto, lo cual le permitía a ella ocuparse de las plantas sin que nadie la molestara.

Preguntándose si estaría enfermo, agarró la bolsa de los utensilios y se acercó a la puerta trasera de la casa. En vez de abrir con la llave que Eric le había dado cuando la contrató para que cuidara sus plantas, Rebecca pensó que sería mejor llamar. No quería pillarlo desprevenido... o, peor aún, en ropa interior. Sonrió al imaginarse la expresión de Eric Chambers, tan relamido y formal, si lo sorprendía en calzoncillos.

Pero la sonrisa se le borró al ver que nadie respondía. Miró un momento su reloj de pulsera, volvió a llamar con los nudillos, más fuerte esta vez, y luego acercó el oído a la puerta, pero no oyó nada. Convencida de que Eric estaba, en efecto, enfermo, quizá tan enfermo que ni siquiera podía levantarse de la cama, probó con el pomo de la puerta. Para su sorpresa, este giró bajo su mano.

Rebecca vaciló un instante, no sabiendo si debía pasar. Pero, echando otra ojeada al reloj, abrió la puerta y entró. Aunque la cocina estaba impecable, como siempre, y la alegre luz de la mañana entraba a raudales por las ventanas, se le puso la carne de gallina. En la casa reinaba el silencio. Un silencio casi excesivo.

–¿Eric? –llamó, inquieta. Se dirigió de puntillas hacia la puerta que llevaba al pasillo y, más allá, al dormitorio–. ¿Eric? –volvió a llamar, alzando la voz.

Al no obtener respuesta, esperó sin saber qué hacer, preguntándose si debía entrar en el dormitorio, o si debía limitarse a regar las plantas y marcharse.

–Sois vecinos –se reprendió en voz baja–, y vive solo. Lo menos que puedes hacer es ver si necesita algo. Y, además, ha sido muy amable mandándote nuevos clientes.

Reprendiéndose para sus adentros por su ingratitud, avanzó hacia la habitación. Se detuvo ante la puerta abierta, pidió al cielo que Eric estuviera decentemente vestido, y asomó la cabeza. La habitación estaba vacía y la cama hecha. Sobre una silla, junto al armario, había una chaqueta de traje meticulosamente colgada. Sorprendida al ver que Eric no estaba en la cama delirando de fiebre, como esperaba, miró hacia la puerta del cuarto de baño, que estaba entreabierta.

«Se le habrá averiado el coche», se dijo, y volvió hacia el vestíbulo. Seguramente se habría ido al trabajo con algún compañero de la oficina. Diciéndose que llamaría a la Wescott Oil para preguntar por él en cuanto llegara a la tienda, llenó la regadera en el fregadero de la cocina y recorrió la casa apresuradamente, regando los tiestos y buscando síntomas de enfermedad en las plantas mientras cortaba alguna flor

4

seca y alguna hoja mustia. Cuando acabó, regresó a la cocina y vació la regadera, deseando marcharse cuanto antes.

«Puede que le haya dado un infarto», le decía insidiosamente su conciencia mientras guardaba la regadera en la bolsa. «No puedes irte sin asegurarte de que no está en casa. Nunca te lo perdonarías si luego te enteraras de que estaba tirado en el suelo del baño, rezando por que alguien lo encontrara».

Dejó escapar un gruñido, deseando que su conciencia, al igual que su imaginación, se tomara un descanso por una vez. Ya llegaba tarde, se dijo, y se dirigió a la puerta trasera.

«¡No puedes irte sin ver si está aquí!»

Se detuvo con la mano en el pomo. «Pero he mirado en todas las habitaciones», se contestó en silencio. «¡No está en casa!».

«No has mirado en el cuarto de baño», le recordó testarudamente la vocecilla de su conciencia.

Rebecca miró hacia el pasillo. Sabiendo que su conciencia estaba en lo cierto, que no podría perdonárselo si, en efecto, Eric yacía inconsciente en el suelo del cuarto de baño, dejó la bolsa sobre la encimera y recorrió el pasillo. Atravesó el dormitorio, pisando sigilosamente la gruesa alfombra, y empujó la puerta entreabierta del cuarto de baño.

–¿Eric? –dijo, dando un paso adelante.

Entonces retrocedió, horrorizada, llevándose la mano a la boca para sofocar un grito. Eric estaba sentado sobre el inodoro cerrado. Llevaba puestos unos pantalones de traje negros, perfectamente planchados, y una camisa blanca almidonada. Las manos, atadas con un cinturón de cuero negro, le colgaban entre las rodillas. Atada al cuello con un lazo corredizo tenía una corbata de seda negra, con un estampado de hojitas de color burdeos, uno de cuyos extremos estaba amarrado al toallero que había junto al lavabo. Tenía los ojos muy abiertos y la boca floja, la tez espantosamente blanca y los rasgos distorsionados por una monstruosa hinchazón.

Rebecca contempló, aturdida, aquella visión, y supo sin necesidad de acercarse que Eric estaba muerto. Sabía qué aspecto tenía la muerte. La había visto con sus propios ojos en la cara de su marido, y hasta había sentido un gran alivio al comprender que al fin se libraría de él. Tragó saliva al recordar aquella imagen, y los rasgos de Eric se emborronaron hasta que, de pronto, le pareció que era la cara de su marido la que veía. Después del accidente de coche, cuyo impacto había lanzado a su marido contra el volante y el parabrisas, había visto que le manaba sangre de la frente. Los sonidos guturales de sus últimos estertores aún resonaban en la cabeza de Rebecca.

Esta cerró los ojos con fuerza, recordando el miedo que había sentido cuando la obligó a montarse en el coche, y la rabia que crispaba los hermosos rasgos de su marido justo antes del accidente.

El grito que había surgido en su garganta al entrar en el cuarto de baño y ver a Eric, pugnaba por escapar entre sus dedos crispados. Se dio la vuelta y corrió, aturdida, hacia la cocina. Levantó el teléfono y marcó frenéticamente el 911. Oyó un pitido y, sintiendo que le flaqueaban las rodillas, se dejó caer al suelo, agotada.

—Servicio de emergencias, ¿puedo ayudarlo en algo?

—Sí —sollozó Rebecca, sintiendo que la voz le raspaba como una cuchilla en la garganta. Se apretó la mano contra la boca para contener el llanto—. Está... está muerto —logró decir.

—¿Quién está muerto?

—Er-Eric —tragó saliva y giró la cabeza para mirar hacia el pasillo, recordando de nuevo la cara y los ojos vacíos del muerto—. Eric Chambers —musitó, mientras aquella cara se convertía de nuevo en la de su marido, y aquellos ojos ciegos en los del hombre que durante

6

años había convertido su vida en un infierno. Se apretó los dedos contra la frente y cerró los ojos con fuerza. No quería recordar y, al mismo tiempo, sabía que nunca podría olvidar.

Las mañanas eran por lo general apacibles en el Club de Ganaderos de Texas. Pero, esa mañana en particular, el silencio reinante poseía una cualidad especial. Una cierta pesantez. Una cierta gravedad. Pero, por otra parte, el aire parecía cargado de electricidad. Reinaba en las estancias una sensación de desasosiego. De impaciencia. Una necesidad de acción.

En Royal se había cometido un asesinato. La víctima trabajaba para uno de los miembros del club, y lo que afectaba a uno de sus miembros, afectaba a todos los demás.

Normalmente vacío a aquella hora del día, el salón de fumar estaba lleno casi hasta rebosar. Los miembros del club habían acercado las pesadas butacas, formando grupos de cuatro y de ocho. Hablando en voz baja, casi en susurros, revisaban los hechos del caso y especulaban sobre la identidad del asesino.

Sebastian Wescott estaba sentado en un rincón de la habitación, junto al grupo que formaban sus amigos más íntimos: William Bradford, consejero delegado y socio de la Wescott Oil; Keith Owens, propietario de una empresa de software; Dorian Brady, medio hermano de Sebastian y empleado de la Wescott Oil; el agente de la CIA Jason Windover; y Rob Cole, detective privado.

Aunque todos tomaban parte en la conversación, Sebastian confiaba particularmente en la experiencia de Rob y de Jason para encontrar al asesino de Eric Chambers.

Sebastian miró a Jason.

—Sé que tu participación en el caso tendrá que ser oficiosa, debido a tu condición de agente de la CIA, pero te agradecería cualquier ayuda o consejo que pudieras prestarme.

Jason tensó los labios y asintió.

—Sabes que haré todo lo que pueda.

Sebastian se volvió hacia Rob Cole.

—La policía está llevando a cabo su propia investigación, naturalmente, pero quiero que tú te encargues del caso. Ya le he dicho a la policía que te preste toda la ayuda que necesites.

Rob asintió, poniendo a trabajar automáticamente su mente detectivesca.

—Cuéntame todo lo que sepas.

Sebastian se pasó cansinamente la mano por la cara, pero aquel gesto no consiguió disipar las profundas arrugas de tensión que crispaban sus rasgos.

—No sé mucho.

—¿Quién encontró el cuerpo?

—Rebecca Todman. Es nueva en la ciudad. Una vecina de Eric. Tiene una floristería y, según dice, Eric la contrató para que le cuidara las plantas.

Rob frunció el ceño, mirando a Sebastian.

—¿Es que no la crees?

Sebastian se puso en pie bruscamente y levantó una mano.

—¡Maldita sea, ya no sé qué creer! —se alejó unos pasos y luego se detuvo y se metió las manos en los bolsillos. Dejó escapar un profundo suspiro y se volvió para mirar a Rob—. Lo siento —masculló—. Llevo una semana casi sin dormir, y cuando vuelvo a la oficina esta mañana, me encuentro con esto. Lo único que sé con certeza es que Eric ha sido asesinado. Y que quiero encontrar a quien lo mató.

—Está bien —dijo Rob—. Empecemos por el principio y revisemos los hechos.

Sebastian volvió a sentarse, algo más tranquilo.

—Según los informes de la policía, esa tal Todman encontró a Eric esta mañana sobre las ocho, cuando

8

fue a regar las plantas. Había sido estrangulado con su propia corbata.

Rob se inclinó hacia delante, apoyando los codos sobre las rodillas.

—¿Alguna evidencia de que el asesino entrara por la fuerza?

—No.

—¿Robaron?

—Parece que no.

—¿Algún enemigo conocido?

—No, que yo sepa.

—¿Qué me dices de las mujeres? ¿Alguna novia despechada? ¿Algún marido celoso con deseos de venganza?

Sebastian arqueó una ceja.

—¿Eric? —al ver que Rob asentía, lanzó un soplido—. No, qué va. Ni siquiera creo que haya tenido novia alguna vez. Vivió con su madre hasta que ella murió, hace un par de años. La única mujer de su vida es... era —se corrigió, frunciendo el ceño— una gata. Sadie. La trataba como si fuera una persona. Todos los días se iba a comer a casa para ver si estaba bien —sacudió la cabeza—. No. Eric no tenía nada que temer de ningún marido celoso, y tampoco tenía amigas. Solo a la vieja Sadie.

—¿Y esa tal Todman? —insistió Rob—. ¿Crees que Eric y ella estaban liados?

Sebastian se encogió de hombros.

—Puede ser. Aunque lo dudo. Eric era... Bueno, un poco raro. Muy solitario, muy huraño. Nunca hablaba de su vida privada. No —dijo, arrugando aún más el ceño—. Olvídalo —dijo, haciendo un gesto con la mano para desechar la sugerencia de Rob—. No había nada entre ellos. Eric era mucho mayor que esa tal Rebecca. Y además era muy quisquilloso, tú ya me entiendes. Con la ropa, con la casa y hasta con el coche. Todo lo hacía conforme a un horario preciso del que nunca se desviaba ni un minuto. Una mujer le habría

9

complicado demasiado la vida. Ese tipo era un solterón redomado.

–Como el noventa por ciento de los miembros de este club.

Sebastian lanzó a Rob una mirada curiosa; luego se reclinó en el sillón, riendo.

–Sí, es cierto. Aunque el porcentaje disminuye rápidamente. Empiezo a preguntarme quién decidirá en qué se invierte la recaudación del Baile de los Ganaderos de Texas de este año.

Jason se inclinó hacia delante para intervenir en la conversación.

–¿No nos habíamos apostado que al último que quedara soltero antes del baile le tocaría elegir a qué obras de caridad se dedica el dinero?

–Cierto –dijo Sebastian–. Pero como Will ya se ha casado, solo quedamos cuatro. Lo cual hace que me pregunte cuántos más caerán antes del baile.

Rob se levantó, disponiéndose para marcharse.

–Pues deja de preocuparte, porque estoy seguro de que al menos quedará uno –al ver la mirada inquisitiva de Sebastian, se señaló el pecho con el dedo–. Yo.

Después de dejar a Sebastian, Rob se pasó por la comisaría y leyó el informe redactado por los oficiales a cargo de la investigación. Pidió una copia para su archivo y se fue en coche a la floristería para hacerle una preguntas a Rebecca Todman, su propietaria. Aparcó el deportivo al otro lado de la calle, frente a la tienda, salió del coche y cerró la puerta de un portazo. Sin apartar la mirada de la tienda, apretó el botón del mando a distancia para activar la alarma y, guardándose las llaves en el bolsillo, cruzó la calle.

Al entrar, una campanilla tintineó musicalmente sobre su cabeza. El denso olor a flores recién cortadas saturó inmediatamente sus sentidos. Arrugando la nariz, comenzó a inspeccionar detenidamente la tienda y a sus ocupantes.

Identificó a la dueña inmediatamente. Era una mujer delgada, de cerca de metro sesenta y cinco de estatura, con el pelo corto, de un color rubio oscuro, y ataviada con un delantal amarillo brillante que llevaba la leyenda «En flor» bordada sobre una guirnalda de flores en la pechera. El delantal, que era muy holgado, no conseguía ocultar las curvas de su cuerpo: unos pechos pequeños y firmes, una cintura estrecha, un trasero delicadamente formado y unas piernas largas y bien torneadas. En otras circunstancias, Rob se habría entretenido a barajar fantasías eróticas en las que aquellas piernas le rodeaban la cintura.

Pero ese día, no. Y no con aquella mujer. Hasta que se demostrara lo contrario, Rebecca Todman era sospechosa de asesinato.

Y Rob nunca complicaba un caso liándose con una mujer a la que tenía que investigar.

Desde su posición privilegiada en el centro de la tienda, la veía claramente de pie frente a una cámara refrigeradora con las puertas de cristal. Estaba seleccionando rosas de tallo largo de entre las que había en un cubo alto, lleno de ellas, mientras otra mujer, sin duda una clienta puntillosa, la observaba, haciendo gestos de aprobación o sacudiendo la cabeza, contrariada, cuando le mostraba las flores elegidas. Aunque Rob fingía mirar las plantas, no les quitaba ojo a las dos mujeres, confiando en captar algún indicio del estado emocional de la propietaria antes de acercarse a ella.

A pesar de que, a simple vista, ella parecía tranquila y sonreía pacientemente a la clienta, Rob detectó enseguida su nerviosismo. Estaba asustada; o, al menos, impresionada. Tenía la cara pálida, con manchas de rubor en las mejillas, y los pétalos de las rosas se estremecían levemente entre sus manos temblorosas.

Ella miró hacia Rob e inclinó la cabeza, invitándolo a echar un vistazo. Él asintió y fingió hacerlo mientras ella colocaba las rosas en un jarrón, añadía una cinta y una tarjeta y acompañaba a la clienta hasta la puerta.

Cuando la campanilla volvió a sonar, anunciando la partida de la otra mujer, la florista se acercó a él, sonriendo, a pesar de que Rob notaba la tensión que se escondía bajo su sonrisa.

–Buenos días, ¿puedo ayudarlo en algo? –preguntó amablemente.

Él dejó la maceta que estaba mirando y se volvió hacia ella.

–Tal vez sí –sacó la cartera del bolsillo de atrás del pantalón y la abrió, mostrándole su licencia de investigador privado–. Rob Cole –dijo a modo de presentación, escudriñando su cara para ver cómo reaccionaba–. La Wescott Oil me ha contratado para que investigue el asesinato de Eric Chambers.

Vio que el rostro de la mujer perdía el escaso color que aún le quedaba. Ella dio un paso hacia atrás y juntó las manos.

–Ya le conté a la policía todo lo que sé.

Él asintió.

–Sí, señora. Leí el informe. Pero he pensado que tal vez no le importaría que le hiciera unas preguntas.

Ella se dio la vuelta y se colocó tras el mostrador.

–¿Qué preguntas? –dijo, inquieta, mientras añadía una margarita a un centro de mesa en el que estaba trabajando y que tenía como soporte un pequeña pecera de cristal. Rob notó que el temblor de sus manos se intensificaba y que su piel adquiría una palidez espectral.

–Querría saber algo más sobre su relación con Eric Chambers. ¿Eran ustedes amigos?

A ella le tembló la barbilla, pero apretó los labios para detener el temblor.

–Prefiero pensar que sí. Eric era vecino mío, además de cliente.

Aunque Sebastian ya le había hablado de su relación comercial, Rob quería que la propia Rebecca se la explicara.

–¿Cliente? ¿De la tienda?

Ella eligió un ramillete de linarias rosas y lo colocó en el centro de la pecera.

–Sí, también, pero además me pagaba para que le cuidara las plantas de su casa. A Eric le gustaban mucho las plantas, pero no tenía tiempo, ni mano, para cuidarlas.

Un enorme gato blanco se subió de un salto a la mesa en la que ella estaba trabajando y, arqueando el lomo, se restregó contra el brazo de Rebecca y lanzó una lastimoso maullido. A Rebecca volvió a temblarle el mentón.

–Hola, Sadie –susurró, y dejó a un lado las flores para tomar a la gata en brazos, frotando la mejilla contra su pelaje–. ¿Echas de menos a Eric, preciosa?

Rob se puso alerta inmediatamente.

–¿Es la gata de Chambers?

Ella asintió y dejó al animal, haciéndole una última caricia en la cabeza.

–Eric le tenía mucho cariño, y ella a él. Ahora que Eric ha muerto, no podía dejarla en la casa, sola. Allí ya no hay nadie que se ocupe de ella.

–¿Eric no tenía familia?

Ella se encogió de hombros y siguió ordenando las flores.

–No, que yo sepa.

–De modo que, ¿se llevó la gata, así, sin más?

Ella alzó la cabeza bruscamente, poniéndose a la defensiva.

–No la he robado –dijo con firmeza–, si es eso lo que está pensando. La policía sabe que me la llevé. Solo me estoy ocupando de ella hasta que encuentren a algún pariente cercano de Eric.

Rob esbozó algo parecido a una sonrisa de disculpa, a pesar de que no le importaba que ella se hubiera sentido insultada. Buscaba información y la obtendría, fueran cuales fueran los sentimientos de aquella mujer.

–No pretendía insinuar que hubiera robado el gato. Pero me gustaría saber algo más sobre la familia de Eric.

Ella pareció relajarse un poco y le dio la vuelta al centro de mesa para añadir unas flores al otro lado.

–Ya le he dicho que no sé nada de su familia. Era hijo único y vivió con su madre hasta que ella murió hace un par de años. Pero eso fue mucho antes de que yo me mudara aquí –añadió, deslizando un girasol entre las otras flores.

–¿Sabe si tenía alguna amiga especial?

Ella miró a la gata, que estaba tumbada al filo de la mesa, lamiéndose las patas, y una sonrisa fantasmal rozó sus labios.

–No. Solo a Sadie.

–¿Y amigos?

Ella le clavó unos ojos azules llenos de resentimiento.

–Si lo que quiere saber es si Eric era gay, no lo sé. Nunca hablamos de sus preferencias sexuales.

Se había enfadado, pensó Rob. Mejor. La gente solía revelar más cosas de sí misma cuando estaba enfadada que cuando se encontraba en pleno dominio de sí misma.

–¿Y de qué hablaban, entonces?

Ella cortó un pedazo de cinta amarilla de una bobina que había entre una hilera de carretes de colores, a su derecha, y rodeó con él el borde de la pecera. A pesar de que Rob percibía claramente su crispación, ella no dejó que la rabia que sentía afectara a su trabajo, e hizo con la cinta una suave lazada, carente de la tensión que crispaba sus hombros y sus manos.

–Del tiempo. Y de sus planes de plantar en el terreno de atrás un jardín que quería que yo diseñara –añadió, lanzándole una mirada de soslayo antes de dar la vuelta al centro de mesa para echarle un último vistazo.

Rob siguió su mirada. Un grueso lecho de gajos de naranja y limón, que llenaba el fondo de la pecera, ayudaba a sujetar los tallos de las flores y al mismo tiempo añadía al arreglo floral un insólito toque decorativo.

–Una idea muy buena.

Ella apretó los labios, negándose a tomar su comentario por un cumplido.

–No es mía. Vi un centro hecho con gajos de lima, y se me ocurrió hacer algo parecido.

–Aun así, es una idea muy buena.

Ella recogió el centro y se dio la vuelta para ponerlo en la cámara refrigeradora con puertas de cristal que tenía a su espalda.

–¿Tiene alguna pregunta más, señor Cole? Como verá, estoy ocupada.

Él enarcó una ceja al percibir su tono cortante y desdeñoso, que contrastaba vivamente con su amabilidad anterior.

–Solo una. ¿Esas flores están en venta?

La pregunta la pilló desprevenida, que era justamente lo que él pretendía. Ella giró la cabeza para mirarlo.

–¿Se refiere a estas? –preguntó, señalando el arreglo floral que acababa de colocar en la vitrina. Al ver que él asentía, vaciló–. Bueno, s-sí. Lo están.

Él sacó la cartera y puso una tarjeta de crédito sobre el mostrador.

–Me las llevo.

Rebecca estiró el cuello para mirar por el escaparate y vio que Cole se alejaba en su coche. Cuando lo perdió de vista, se dejó caer, agotada, sobre un taburete.

«¿Un detective privado?», se dijo.

Sí, tenía aspecto de serlo... aunque no estaba muy segura del aspecto que debía tener un detective. Pero, desde luego, parecía un tipo duro. Tenía los hombros

15

muy anchos. Las caderas estrechas. Y una cara que parecía labrada en piedra. Rebecca se estremeció al recordarlo.

Él no había sonreído ni una sola vez mientras había permanecido en la tienda. Aunque, bien mirado, ella tampoco. Claro que ella no tenía ganas de sonreír después de la mañana que había pasado. Primero, había descubierto el cuerpo sin vida de Eric; después, un detective del departamento de policía la había bombardeado con preguntas interminables; y, al final, había tenido que revivirlo todo otra vez para un investigador contratado por la Wescott Oil, la empresa para la que trabajaba Eric.

Suspirando, se puso en pie y comenzó a recoger la mesa de trabajo. Quería dejar de pensar en el incidente. Con una pulcritud nacida de la práctica, apartó las tijeras, ordenó las bobinas de cinta y recogió en la palma de la mano los restos de tierra y pétalos caídos que había sobre la mesa. Al agacharse para tirarlos en un cubo que había bajo la mesa, vio a través del escaparate que un deportivo negro pasaba lentamente frente a la tienda.

Reconociendo el coche de Rob Cole, se incorporó muy despacio. ¿Qué estaba haciendo?, se preguntó, y le dio un vuelco el corazón cuando sus miradas se encontraron. Incapaz de apartar los ojos, lo miró fijamente. Azules, pensó, y se humedeció los labios, que de pronto se le habían quedado secos. Sus ojos eran azules. Del mismo azul profundo que los pensamientos que crecían junto a la valla de su jardín. Lo recordaba con toda claridad, pese a que, en ese momento, él llevaba gafas de sol.

¿Cómo podría haberlo olvidado?

Esa misma noche, más tarde, Rob estaba sentado frente al escritorio del despacho de su casa. La habitación estaba a oscuras, salvo por el resplandor que emanaba de la pantalla del ordenador. Después de varias horas de minuciosa búsqueda en los archivos del gobierno almacenados en Internet, había conseguido recomponer la vida de Rebecca Todman con anterioridad a su llegada a Royal, Texas. Mujer de veintisiete años. Viuda. Dirección anterior: Dallas, Texas. Ama de casa. Sin antecedentes penales. Ni siquiera una multa de tráfico. Aquella mujer estaba completamente limpia.

Lanzando un gruñido, echó la cabeza hacia atrás y se pasó las manos por la cara. Si así era, ¿por qué tenía la impresión de que Rebecca Todman ocultaba algo?

—Porque me lo dice el instinto —masculló para sí.

Sabiendo que su instinto rara vez se equivocaba, colocó las manos sobre el teclado e introdujo el nombre de aquella mujer en un buscador. Mientras esperaba a que aparecieran los resultados, dio golpecitos con los dedos sobre el ratón. Al ver un listado procedente de los archivos de un periódico de Dallas, pulsó el enlace y estudió atentamente el artículo y la fotografía que aparecieron ante sus ojos.

«¿Esa es Rebecca Todman?», se preguntó, frunciendo el ceño al ver la fotografía de una mujer, tomada en una fiesta benéfica. En la imagen, tenía el pelo más largo y su atuendo era mucho más sofisticado, por no decir mucho más costoso, que los cómodos pantalones chinos, la camisa de color pastel y el delantal que llevaba en la tienda. ¿A qué se debía aquel drástico cambio de apariencia?, se preguntó. ¿Era un disfraz? ¿O se debía a un cambio de actitud más profundo?

Fuera cual fuese la razón, se dijo, aquella transformación reforzaba su impresión visceral de que ella ocultaba algo. Y sus vísceras rara vez se equivocaban.

Y, en ese momento, estaban vacías.

Recordando que no había comido nada desde el desayuno, echó la silla hacia atrás. Se fue a la cocina y rebuscó en la nevera hasta que encontró una caja de pollo frito de un restaurante de comida para llevar. Alzó la tapa y husmeó, intentando recordar cuándo la había metido en la nevera. Encogiéndose de hombros, puso la caja sobre la barra del desayuno y se sentó en un taburete. Sacó un muslo de pollo y le dio un mordisco, entrecerrando los ojos al masticar, pensando en su entrevista con Rebecca Todman y en la impresión que esta le había causado.

Estaba asustada, o, al menos, aturdida. ¿Era culpable? Sacudió la cabeza, y le dio otro mordisco al pollo. Por alguna razón, no creía que ella hubiera matado a Eric Chambers, a pesar de su drástico cambio de imagen. No parecía una asesina. Parecía más bien una... ¿Qué?, se preguntó, arrugando el ceño mientras intentaba definirla. ¿Una bibliotecaria? ¿Una maestra de escuela dominical? Tenía cierto aire de inocencia, una forma de hablar y de moverse suave y educada que cuadraba a la perfección con ambas profesiones.

Físicamente, no parecía capaz de asesinar a nadie. Reducir a Eric Chambers y estrangularlo con su propia corbata requería una fuerza que ella no parecía tener.

¿O sí la tenía?, se preguntó a continuación, pensando en el esfuerzo físico que requería el trabajo que hacía en la tienda. Algunas de las plantas que había visto en la floristería eran enormes, y ella trabajaba sola, Rob ya lo había comprobado. Lo cual significaba que debía ser más fuerte de lo que aparentaba, si podía con ellas. ¿Pero podría con un hombre adulto?

Sacando un ala de pollo de la caja, volvió a su despacho y encendió la lámpara del techo. Se acercó al escritorio y rebuscó entre los papeles desparramados sobre él hasta que encontró lo que buscaba. Tirando el ala de pollo a medio comer en la papelera, alzó la fotografía de Eric Chambers que había sacado de los archivos de personal de la Wescott Oil. Un metro sesenta y cinco o metro sesenta y ocho, como mucho, pensó, examinando la fotografía de cerca. Unos sesenta y cinco kilos de peso. Un hombre pequeño y que, al parecer, no pasaba mucho tiempo en el gimnasio. Quizá Rebecca hubiera podido con él, si lo había tomado por sorpresa.

Lanzó un soplido y se dejó caer en la silla, dejando a un lado la fotografía. Entonces, ¿por qué le costaba tanto creer que Rebecca Todman hubiera matado a Eric?

Como pensaba mejor con lápiz y papel en la mano, tomó un bloc de notas y se reclinó en la silla. Colocando los pies descalzos sobre la mesa, empezó a anotar preguntas. Cuando acabó, leyó la que encabezaba la lista y se quedó pensativo.

«¿Móvil?». Se dio unos golpecitos con el lápiz sobre los labios mientras repasaba mentalmente los móviles posibles, concentrándose en los que solían esconderse tras la mayoría de los asesinatos: el dinero o la venganza. ¿Necesitaría dinero Rebecca Todman? ¿Estaría tan desesperada como para matar para conseguirlo? Escribió una breve nota para acordarse de revisar su situación financiera, y luego comenzó a anotar distintas razones por las que podía querer vengarse. ¿Un amor contrariado? ¿Un negocio fallido? ¿Odio entre vecinos?

Dejó el lápiz, disgustado. Su instinto le decía que ninguna de aquellas razones era plausible. Pero quizá no hubiera ninguna razón. Quizá Rebecca Todman fuera simplemente una asesina psicótica que odiaba a los hombres y que, viendo en Chambers una presa fácil, lo había matado solo por diversión. Entrecerró los ojos y tomó el lápiz de nuevo, volviendo a la primera anotación que había escrito bajo el epígrafe «venganza»: amor contrariado.

Rob tomó la fotografía de Chambers, le echó una ojeada y la dejó a un lado, resoplando. Imposible. Aquel tipo carecía de atractivo físico y, si lo que le habían dicho era cierto, era un solitario y seguramente también un niño de mamá.

Ella, por otro lado, era joven y atractiva, pensó mirando una instantánea de Rebecca que la policía había tomado en la escena del crimen, y tenía un corazón amable y generoso, como demostraba el hecho de que estuviera cuidando a la gata de Chambers. Arqueó una ceja, estudiando la fotografía, y observó la suave redondez de sus pechos que subrayaba la ligera camisa de algodón de color claro, y la curva de las caderas bajo los pantalones chinos... y, de pronto, se sorprendió deseando pasar un par de horas en la cama con aquella mujer.

Lanzando una maldición por lo bajo, dejó la fotografía sobre el escritorio y se levantó de la silla, pasándose una mano por el pelo mientras se dirigía hacia la puerta. «Estás cansado», se dijo. «O cachondo. O las dos cosas. Si no, no estarías fantaseando con una mujer que quizás haya cometido un asesinato».

Pero una cosa era segura: al día siguiente volvería a hablar con Rebecca Todman. Hasta que se demostrara lo contrario, ella era su primera y única sospechosa.

Capítulo Dos

Rob sacó el teléfono móvil de su funda en la consola del deportivo.

–Rob Cole.

–He hecho algunas comprobaciones y he encontrado algunas cosas interesantes.

Rob detuvo el coche en el arcén de la carretera. Esa mañana había llamado a Chuck Endicott, un investigador privado de Dallas con el que intercambiaba información de vez en cuando, para pedirle que hiciera algunas averiguaciones sobre Rebecca Todman.

–Te escucho –dijo, sacando un bolígrafo para tomar notas.

–En dos palabras, sus suegros la odian. Creen que ella mató a su hijo. Intentaron acusarla de asesinato, pero la policía no encontró pruebas suficientes para ordenar su arresto.

–¿Lo has comprobado? –preguntó Rob, frunciendo el ceño.

–Sí. El tipo la palmó en un accidente de tráfico. Conducía él. Perdió el control del coche y se estrelló contra la barrera de un puente. Del lado del conductor. Su mujer solo se hizo unos rasguños.

–¿Algún indicio de que el accidente fuera provocado?

–No. El coche estaba perfectamente, pero los suegros exigieron una inspección y acusaron a su nuera de manipular los frenos o la dirección. Los resultados fueron negativos.

Rob arrugó aún más el ceño. Rebecca Todman estaba implicada, directa o indirectamente, en dos muertes. ¿Sería una coincidencia?

–¿A ti qué te parece?

–¿A mí? Yo diría que los suegros de esa mujer son unos maniáticos que la tienen tomada con ella. Me recuerdan a los viejos de mi mujer.

Rob soltó una carcajada.

–Se lo pienso decir a Leah.

–¡No, hombre! Ni se te ocurra. Ya paso suficiente tiempo en la caseta del perro, gracias.

–Seguro que te lo mereces –contestó Rob, y echó un vistazo a su reloj–. Oye, Chuck, tengo que dejarte. Gracias por tu ayuda, colega. Te debo una.

Rob eligió cuidadosamente la hora de su llegada a la tienda de Rebecca. Quería verla a solas, y pensó que lo mejor sería presentarse cuando estuviera cerrando. Tres minutos antes de las cinco entró en la floristería y miró a su alrededor, pero no vio ni rastro de ella.

–¿Señorita Todman? –llamó, pensando que tal vez estaría en la trastienda, detrás del mostrador. Al ver que no respondía, rodeó el mostrador y asomó la cabeza por la puerta entreabierta. Aunque la luz del techo estaba encendida, la habitación estaba vacía.

Extrañado, se dio la vuelta y echó otro vistazo a su alrededor. Solo había otra puerta que conectaba con un invernadero pegado a la tienda. Rob la cruzó. El ambiente en el invernadero era más cálido que en la tienda, y mucho más húmedo. Al instante sintió que le sudaba la frente y el labio superior.

–¿Señorita Todman? –llamó de nuevo. No oyó respuesta alguna, pero no se sorprendió. Los ventiladores instalados en las paredes y el techo emitían un ruido que ahogaba cualquier otro sonido. Miró a lo largo de un pasillo flanqueado por largas mesas de madera cubiertas con macetas con flores y plantas de todos los tamaños, formas y colores. Finalmente, vio a Rebecca al otro extremo del invernadero. Estaba de pie, de espaldas a él, delante de una mesa, llenando unas bandejas compartimentadas con abono que sacaba de un gran cubo.

Cuando estuvo lo bastante cerca de ella, le puso una mano sobre el hombro.

—¿Señorita Todman?

Ella lanzó un grito y dejó caer la pala, tapándose la cabeza con el brazo, como si quisiera parar un golpe.

Un agujero se abrió en el estómago de Rob, derramando un ácido mareante, mientras la miraba, incapaz de moverse. Conocía bien aquella reacción instintiva de defensa. Pero no había pretendido asustarla al acercarse a ella, ni tenía intención de hacerle daño. ¡Demonios, pero si apenas la había tocado! Solo había querido llamar su atención, advertirla de su presencia, para que no se asustara.

Pero, obviamente, había fracasado, a juzgar por la reacción de Rebecca. No queriendo asustarla aún más, se agachó ligeramente para mirarla a los ojos.

—¿Señorita Todman? —dijo suavemente—. No pretendía asustarla. Solo quiero hacerle un par de preguntas.

Ella bajó el brazo lentamente y lo miró a los ojos. Pero apartó rápidamente la mirada, no sin que antes Rob vislumbrara el miedo que había en sus ojos.

Ella se pasó los dedos temblorosos por el pelo.

—Lo siento —musitó, incapaz de mirarlo—. No lo esperaba. Pensaba que... que estaba sola.

Él se irguió mientras ella recogía la pala, y notó que le temblaban las manos.

—La llamé, pero supongo que, con el ruido de los ventiladores, no me oyó.

Ella asintió, pero agachó la cabeza, fijando la vista en su trabajo.

Rob se puso a su lado y frunció el ceño al ver que a ella se le caía la tierra sobre la mesa cuando intentaba sujetar la pala. Era evidente que estar a solas con él en la tienda la ponía nerviosa, una circunstancia que, sospechaba, afectaría a su disposición para responder a las preguntas que quería hacerle. Miró su reloj.

–Es la hora de cerrar, ¿no?

–Sí.

–¿Qué le parece si vamos al Royal Diner a charlar un rato? La invito a una taza de café. Es lo menos que puedo hacer –añadió–, después del susto que le he dado.

–Ya le he dicho todo lo que sé.

Él refrenó su impaciencia.

–Pensaba que había dicho que era amiga de Eric. ¿No quiere ver a su asesino entre rejas?

–Desde luego que sí –replicó ella, impaciente, mientras recogía la tierra desparramada en la palma de la mano y la depositaba en el cubo–. Pero no sé qué más puedo decirle.

–Puede que se sorprenda. Quizá se le ocurra algo mientras hablamos. Algo que le pareció poco importante en ese momento, pero que quizá sea trascendental para el caso.

Ella vaciló un momento, arrugando el ceño, indecisa. Luego dejó caer los hombros, derrotada.

–De acuerdo –dijo, dejando la pala sobre la mesa–. Deme un minuto para que cierre –apartándose de él, se limpió las manos en la culera del pantalón, evitando su mirada, y recorrió el pasillo que llevaba a la tienda.

Rob caminaba tras ella, sin dejar de mirarla, observando cómo se movían sus manos sobre su precioso trasero. «¿Una asesina?», se preguntó mientras la miraba. Si lo era, también era una magnífica actriz.

Y él estaba definitivamente cachondo, decidió, haciendo una mueca de fastidio. Si no, ¿por qué le costaba tanto trabajo apartar la mirada de su trasero?

Rob se sentó en un taburete frente a Rebecca y la observó mientras ella doblaba con nerviosismo una servilleta de papel que sacó del expendedor que había sobre la mesa. Durante el corto paseo hasta el restaurante, no lo había mirado ni una sola vez. Y aunque él había intentado iniciar una conversación intrascendente, al final había desistido, irritado por sus respuestas monosilábicas.

Decidido a resolver la cuestión de su inocencia, apoyó los brazos sobre la mesa y se inclinó hacia delante.

–Sé que seguramente estará ansiosa por marcharse a casa, así que acabemos con esto cuanto antes. La mañana que encontró a Eric, ¿era la primera vez que entraba en su casa?

Ella estrujó la servilleta.

–No. Llevaba varios meses cuidando de sus plantas.

–Cuando llegó esa mañana, ¿estaba la puerta cerrada con llave?

–No.

–¿Y no le extrañó?

–Sí. Normalmente, cuando yo llegaba, Eric ya se había ido a trabajar.

–¿Sabía, antes de entrar, que Eric estaba en casa?

–Pensé que sí, porque su coche estaba en la puerta.

–Pero entró de todos modos.

–Llamé primero. Como no respondía, intenté abrir la puerta y vi que estaba abierta.

–Ya que iba con frecuencia a su casa, supongo que se habría dado cuenta si hubiera visto algo fuera de lo normal.

–Sí, pero no noté nada raro –hizo girar los ojos, como si acabara de recordar algo. Puso la mano sobre la mesa y se inclinó hacia delante, con expresión esperanzada–. Pero me pareció que había demasiado silencio.

El instinto detectivesco de Rob se aguzó inmediatamente.

–¿Y eso por qué?

–Por la radio. Normalmente estaba encendida. Eric siempre escuchaba los informativos mientras desayunaba, y luego la dejaba puesta para que le hiciera compañía a Sadie mientras estaba fuera. ¿Es que tiene importancia?

–Podría tenerla, si el forense no hubiera establecido ya la hora aproximada de la muerte –alzó las manos–. Pero, según están las cosas, es solo un detalle más que añadir al informe.

Ella retiró la mano de la mesa, contrariada.

–Ah.

–El informe de la policía dice que lo encontró en el cuarto de baño.

Ella cerró los ojos y asintió, como si aquella escena siguiera atormentándola. ¿Estaría actuando?, se preguntó él.

–Sí. Estaba... estaba sentado sobre el váter. Tenía una corbata atada alrededor del cuello –alzó las manos como si quisiera hacerle una demostración, pero luego, estremeciéndose, las dejó caer sobre el regazo.

–¿Intentó reanimarlo o tocó el cuerpo por algún motivo?

Ella sacudió la cabeza.

–No. Sabía que estaba muerto. Tenía la cara blanca y los... –tragó saliva y lo intentó de nuevo–. Los... los rasgos desencajados. Hinchados. Tenía los ojos muy abiertos, desorbitados.

Al oír un gemido de disgusto a su izquierda, Rob se volvió y vio que la camarera estaba junto a la mesa, con una cafetera en la mano. Laura Edwards, recordó de otras visitas al bar. Su aspecto atemorizado lo sorprendió, pero pensó que se debía a que había oído la gráfica descripción de Rebecca sobre el cadáver de Eric.

La camarera acercó la cafetera a la mesa.

–¿Ca-café?

–Sí, gracias –dijo Rob.

Y, tras llenar las tazas, la camarera se alejó a toda prisa.

Sorprendido por su extraño comportamiento, Rob anotó mentalmente que debía hablar con ella; luego volvió a concentrarse en Rebecca.

–Así que comprendió enseguida que estaba muerto –dijo, retomando el hilo de la conversación–. ¿Qué hizo entonces?

–Llamé al 911.

–¿Desde el dormitorio?

–No, desde la cocina.

–¿Y luego?

–Salí de la casa y esperé a que llegara la policía.

–¿No volvió a entrar en la casa?

Ella sacudió la cabeza.

–No. No me atreví.

–¿Y sus herramientas? Seguramente llevaba algo con usted, algún tipo de utensilio, si había ido a regar las plantas.

–Sí. Llevaba la bolsa donde guardo mis cosas. Un policía la sacó de la casa. El que me interrogó.

–¿Y qué me dice de la gata? Sadie, ¿no?

–Sí, Sadie. No recuerdo haberla visto cuando entré en la casa. Puede que estuviera escondida en alguna parte. Debajo del sofá, tal vez. A veces se escondía allí. Pero cuando sacaron... el cadáver –hizo una mueca al recordarlo–, se deslizó por la puerta. Yo la recogí para que no se subiera a la ambulancia en la que se llevaron a Eric.

Rob vio que los ojos empezaban a llenársele de lágrimas, y se preguntó si aquello sería parte de la actuación. Con la esperanza de desestabilizarla, de obligarla a cometer un desliz, cambió la línea del interrogatorio.

–Dijo usted que es nueva en la ciudad.

Ella rodeó la taza de café con las manos, como si necesitara que su calor disipara el frío que se había apoderado de su cuerpo.

–Sí. Me mudé aquí hace seis meses.

–Y enseguida montó su propio negocio.

–Sí.

Rob percibió el orgullo que alentaba tras su breve respuesta.

–¿Ya había tenido antes algún negocio?

Ella sacudió la cabeza.

–No. Pero siempre soñé con poner mi propia floristería.

–Entonces, ¿por qué se mudo a Royal? Lo lógico sería que hubiera abierto la tienda en un lugar que conociera mejor.

Ella se removió, inquieta, y Rob comprendió que la pregunta la molestaba.

–Acababa de quedarme viuda –explicó lentamente, como si eligiera cuidadosamente sus palabras–. Quería empezar de cero. En un lugar nuevo, sin... sin ningún recuerdo.

–Yo hubiera creído que estar rodeada de recuerdos sería un consuelo. A no ser que los recuerdos fueran desagradables, claro –añadió, mirándola fijamente.

Ella palideció y lo miró con unos ojos azules llenos de angustia. Rob sintió una punzada en el estómago.

Apartando los ojos de él, Rebecca agarró su bolso.

–Ya le he dicho todo lo que sé sobre Eric –dijo, bajándose del taburete–. Si me disculpa, señor Cole, tengo que irme.

Rob frunció el ceño mientras escuchaba la respuesta del oficial de policía a su pregunta sobre la autopsia de Eric Chambers.

–¿No hay huellas? –preguntó.

–Ninguna –le confirmó el policía–. Quienquiera que lo estrangulara, tuvo mucho cuidado. Seguramente llevaba algún tipo de guantes.

–¿Encontraron algo en su estómago? ¿Algún indicio de que fuera drogado?

–Solo la cena. Por lo demás, estaba limpio.

Irritado por la falta de nuevas pistas, Rob reprimió una maldición.

–Le agradezco la información. Si descubre algo nuevo, hágamelo saber.

–Lo haré. Y espero que usted haga lo mismo.

Rob colgó el teléfono y se recostó en la silla, pasándose los dedos por el pelo.

Ninguna huella. Ninguna prueba. Ningún sospechoso.

Salvo Rebecca Todman.

Suspirando, se incorporó y extendió el brazo para recoger el correo que había dejado sobre el escritorio. Al hacerlo, su mirada tropezó con la pecera llena de flores que había comprado en la tienda de Rebecca. Arrugando el ceño, dejó a un lado el fajo de cartas y acercó la pecera. Arrimó la nariz e inhaló profundamente el dulce aroma a flores y el olor ácido de los cítricos que llenaban el fondo del recipiente.

Frunciendo aún más el ceño, se echó hacia atrás y observó el arreglo floral. Elegante. Fragante. Femenino, pero no cursi. Frágil, y al mismo tiempo dotado de una cierta aspereza.

Igual que la mujer que lo había diseñado, pensó, incapaz de contener la punzada de culpabilidad que acompañó a aquella idea.

Dos días después de su última entrevista con Rebecca Todman, seguía sintiéndose mal. A lo largo de su carrera, había interrogado a infinidad de testigos y sospechosos, a algunos con más rudeza que a otros, pero con ninguno se había sentido tan grosero como con Rebecca durante su última conversación.

Y no era de extrañar, pensó, contrariado. Había hecho todo lo posible por sorprenderla en una mentira, por huronear en su vida privada para demostrar de alguna forma que ella era culpable del asesinato de Eric Chambers. Sin embargo, no había conseguido nada. Ni un móvil, ni un indicio razonable. Solo podía acusarla de disponer de la ocasión de matar a Eric Chambers, pero de eso también podía acusar a medio Royal.

Rebecca Todman no era la asesina, se dijo. Lo que había averiguado acerca de su situación económica había disipado sus últimas dudas. La muerte de Eric no la beneficiaba de ninguna forma en términos financieros. Aunque no era rica, había heredado de su marido dinero suficiente para pagar la entrada de una casa en Royal y montar un negocio que al parecer funcionaba bastante bien.

No, Rebecca Todman no era la asesina, pensó, irritado, recordando su expresión atormentada cuando la forzó a revivir el momento en que encontró el cuerpo sin vida de Eric.

Aun así, había algo en ella que lo inquietaba. Algo indeterminado que le quitaba el sueño. ¿Pero qué era?, se preguntó, contrariado. ¿Sería simple atracción física? ¿Una reacción masculina normal ante una mujer bonita?

Se recostó en la silla y alzó la barbilla mientras consideraba aquella teoría. Si así era, se dijo, tal vez fuera hora de conocer a Rebecca Todman a otro nivel. A un nivel distinto al de sospechosa de un caso de asesinato.

A un nivel más íntimo.

Con las rodillas y las manos enterradas en la tierra recién volteada del semillero, Rebecca dejó que el cálido sol del atardecer y el denso olor de las flores que la rodeaban ejercieran su efecto balsámico sobre sus nervios sobrecargados. Calma. Eso era lo que buscaba cada vez que salía al oasis del jardín trasero de su casa.

Aunque le encantaba su tienda de flores y se sentía orgullosa cada vez que pensaba en el negocio que estaba levantando con sus propias manos, solamente en su jardín encontraba la paz que redimía la fealdad y la brutalidad de su pasado. Los viejos recuerdos tenían cerrado el acceso más allá del arco tapizado de jazmines que marcaba la entrada al jardín. Ningún recuerdo podía deslizarse bajo la valla de madera recubierta de madreselvas, ni despuntar como la mala hierba por entre la tierra fértil. Allí solo podían florecer bellos pensamientos, esperanzas y sueños que Rebecca había guardado celosamente durante los años de su matrimonio, protegiéndolos de la mano destructiva y cruel de Earl, su marido. Sueños en los que amaba y era amada por un hombre. Sueños en los que, algún día, tendría una familia.

Había plantado aquellos sueños junto con los rosales trepadores que empezaban a florecer encaramándose a las verjas del fondo del jardín; los había cuidado con el mismo mimo con que cuidaba las matas de margaritas plantadas en torno al pedestal del pequeño surtidor colocado en el centro del semillero. Y algún día, cuando aquellas plantas florecieran a la vida, también lo harían sus esperanzas y sus sueños de tener una vida normal. Un hombre amable y cariñoso que la quisiera, la respetara y la protegiera. Y unos niños que llenaran su casa y su corazón de amor y alegría.

Pero, antes de conseguir esas cosas, se recordó, debía curar sus heridas. No las físicas. Los arañazos y las marcas que Earl había dejado en su carne se habían borrado hacía tiempo. Pero las cicatrices emocionales seguían allí, incapacitándola para pensar siquiera en mantener una relación con otro hombre.

Sacudió la cabeza con tristeza al recordar que, ingenuamente, había creído que, al mudarse a Royal, dejaría atrás toda la fealdad de su pasado y se curaría por completo de las secuelas que le habían dejado los malos tratos de Earl. Recordaba con todo detalle el momento exacto en que comprendió, como si de una revelación se tratase, que aquello no era más que una ilusión. Entonces se encontraba en el Albergue Nueva Esperanza para mujeres maltratadas. Había ido a visitar el centro con propósitos altruistas. Quería ayudar a otras mujeres que hubieran sufrido experiencias parecidas, ofreciéndoles su apoyo y su aliento.

Aunque la primera vez que entró en el albergue

sintió un ligero desasosiego, se acercó al mostrador de recepción y se presentó a Andrea O'Rourke, una voluntaria del centro. Andrea y ella se cayeron bien inmediatamente y, al cabo de unos minutos, estaban charlando como viejas amigas. Rebecca estaba rellenando unos impresos para solicitar un puesto de voluntaria cuando la puerta del centro se abrió. Las dos levantaron la vista y vieron que entraba una policía acompañada de una mujer llorosa.

Al ver el labio partido, el ojo hinchado y las ropas rasgadas y ensangrentadas de la mujer, Rebecca empezó a temblar y sintió que las piernas le flaqueaban. Entonces se cayó al suelo, desmayada.

Había sido tan ingenua, se decía ahora, recordándolo. Estaba tan convencida de que superaría por completo las secuelas de los abusos de Earl... Y, sin embargo, había puesto en evidencia de la forma más expresiva y humillante posible que las cicatrices físicas podían haberse borrado, pero que las emocionales seguían allí, con ella.

Pero esas también acabarían por borrarse, se prometió a sí misma.

Apoyándose en los talones, dejó que su mirada vagara por los capullos fragantes e hinchados que llenaban el jardín como un colorido testimonio de los sueños que había plantado en aquel pedazo de tierra. Un hombre que la quisiera y la cuidara. Unos hijos nacidos del amor y el respeto mutuo.

Suspiró, viendo que aquella escena se desvanecía y que en su cabeza empezaba a formarse la imagen del hombre del que habría de enamorarse. Tendría que ser fuerte, se dijo, y echó la cabeza hacia atrás, cerrando los ojos, mientras la imagen de aquel hombre crecía y tomaba forma. Pero no cruel. Y guapo, añadió, esbozando una sonrisa a medida que la imagen se hacía más precisa y se llenaba de detalles. Alto, con el pelo abundante y ondulado. Y con los ojos de un azul profundo. De rasgos bien marcados. Y hombros anchos. Podía verlo con toda claridad. Con toda precisión. Con toda...

Le dio un vuelco el corazón y abrió los ojos, asombrada, al darse cuenta que la cara que veía en su imaginación no era otra sino la de Rob Cole. Se puso en pie, atónita. ¿Rob Cole?, se preguntó, apretándose las manos contra las mejillas, que de repente le ardían, y sacudiendo la cabeza. No. Él no. Aquel hombre la asustaba. La enfurecía. Y, desde el momento en que apareció en su tienda por vez primera, también asaltaba sus sueños.

Irritada por tener tan escaso control sobre sus pensamientos, apretó los labios, desafiándose a sí misma. ¿Pero qué mujer no habría caído fascinada ante él?, se preguntó. Rob tenía la apariencia ruda y atrayente de un hombre que trabajara a la intemperie, y un cuerpo musculoso que parecía sugerir que, fueran cuales fuesen sus actividades, requerían un cierto grado de fuerza y aptitud física.

Pero no era su físico lo que la atraía, admitió de mala gana. Era la expresión de su cara, su carácter arisco, lo que hacía que soñara despierta, imaginando que lo rodeaba con sus brazos y le arrancaba una sonrisa.

Aunque él solo le había mostrado su lado profesional, estaba convencida de que su personalidad tenía otra cara. Una cara tierna y divertida. Solo hacía falta que alguien la hiciera aflorar a la superficie, se dijo. El amor sacaría a la luz esas cualidades que permanecían enterradas en su interior.

—Pues si crees que tú eres la más indicada para hacerlo —masculló para sí—, ya puedes pensar en otra cosa. Rob Cole está tan interesado en mantener una relación contigo como lo está Sadie.

«Sadie», recordó de repente, sintiendo una punzada de culpabilidad, y miró a su alrededor, buscando a la gata.

—¡Sadie! —llamó, recogiendo las herramientas y

preparándose para entrar en la casa–. Vamos. Es hora de cenar –cruzó el semillero, teniendo cuidado de no pisar ninguna planta–. Sadie –llamó otra vez, entrando en la casa.

Cuando llegó a la terraza, se agachó para guardar las herramientas bajo una mesa de trabajo de madera de cerezo y luego se dio la vuelta. Dejó caer los hombros, desanimada, al ver que la gata no aparecía por ninguna parte. Sospechando que había saltado la valla y se había ido a casa de Eric, al otro lado de la manzana, se dirigió a la puerta lateral del jardín y la abrió.

Mientras bajaba por la acera, con cada paso que daba hacia la casa de Eric sentía que se tensaba el nudo de su estómago. No había entrado en aquella casa desde la mañana que encontró el cuerpo. Ni siquiera se atrevía a mirarla cuando pasaba frente a ella cada día, de camino a la tienda. No podía mirarla, si quería mantener a raya las imágenes que la atormentaban.

Al verse delante del precinto policial que todavía impedía el paso a la entrada de coches de la casa, cerró los puños, pasó bajo la cinta y corrió hacia el jardín de atrás.

–¿Sadie? –llamó, inquieta. Se acercó de puntillas a la terraza, donde sabía que a Sadie le gustaba tomar el sol. Al ver a la gata acurrucada en el umbral de la puerta trasera, como si esperara que Eric volviera a casa y la dejara entrar, se acercó a ella.

–Oh, Sadie –musitó tristemente, agachándose para tomar a la gata en brazos–. Pobre pequeña –dijo mientras volvía sobre sus pasos–. Echas de menos a Eric, ¿verdad, preciosa?

–¿Qué está haciendo aquí?

Se sobresaltó al ver a Rob Cole de pie en medio de la entrada de coches, bloqueándole el paso.

–Yo... vine a buscar a Sadie. Se me escapó mientras estaba... –apretó los labios, irritada consigo misma al pensar que ella podía preguntarle lo mismo–. ¿Y usted qué hace aquí? –replicó.

Él se metió las manos en los bolsillos de los vaqueros y se encogió de hombros.

–Vine a buscarla –señaló con la cabeza hacia la casa de Rebecca, frente a la cual estaba aparcado su deportivo–. Cuando llegaba, vi que se dirigía hacia aquí, así que aparqué el coche y la seguí.

Convencida de que había ido a interrogarla otra vez, ella apretó a la gata contra su pecho, como si fuera un escudo.

–Ya le he dicho que no sé nada más sobre el asesinato de Eric.

–No he venido a interrogarla.

A ella, aquella revelación le pareció aún más inquietante, si cabía, que si le hubiera dicho que había ido a arrestarla.

–Entonces, ¿qué quiere?

Él ladeó la boca y apartó la mirada, como si le resultara desagradable darle una explicación.

–Disculparme.

–¿Por qué?

Él movió un pie sobre el suelo de albardilla y luego alzó la mirada hacia ella. Rebecca sintió el mismo efecto que si hubiera metido los dedos en un enchufe. En ese instante, los ojos de Rob parecían de un azul más suave, más diáfano, y tras ellos le pareció vislumbrar esa cualidad oculta que se encerraba en su interior.

–Por ser tan brusco con usted el otro día. Sé que se marchó enfadada, y quería que supiera que lo lamento.

Ella alzó la barbilla, recordando el áspero comportamiento de Rob.

–Sí, estaba enfadada. Y con razón. Encontrar el cadáver de Eric ya fue bastante desagradable, pero que me forzara a revivirlo fue una auténtica tortura.

Él se dio la vuelta y le hizo un gesto para que lo acompañara.

–Ya le he dicho que lo siento. Pero tenía que interrogarla, si quería probar su inocencia.

Ella se detuvo bruscamente y lo miró, asombrada.

–¿Creía que yo maté a Eric?

Él alzó el precinto policial. Al ver que ella no se agachaba para pasar, le puso una mano sobre la espalda y la apremió a pasar por debajo.

–Sí, era usted mi principal sospechosa –pasó bajo la cinta, luego la dejó caer y volvió a meterse las manos en los bolsillos. Inclinando la cabeza, le indicó que caminara a su lado.

Ella le obedeció, abrazando a Sadie contra su pecho.

–Sospechosa... –repitió, atónita, y lo miró fijamente–. ¿Pero por qué yo?

–Por una cuestión de oportunidad. Usted tenía una llave de la casa y la coartada perfecta –arqueó una ceja al ver su mirada inquisitiva–. Según dice, estaba sola en casa –dijo, recordándole lo que ella le había dicho a la policía–. Pero eso es imposible de demostrar, o de desmentir.

Llegaron frente a la casa de Rebecca.

–Pero es la verdad –insistió ella, volviéndose para mirarlo–. Estaba sola en mi casa.

Él extendió los brazos y tomó a la gata. Su expresión, que había vuelto a cerrarse a cal y canto, no dejaba traslucir si la creía o no.

–En cualquier caso, es difícil demostrarlo –acurrucó a la gata contra su pecho y le acarició la cabeza–. Apuesto a que tú podrías decirnos quién mató a Eric –le susurró al animal.

Rebecca cruzó los brazos sobre el pecho, reprimiendo un escalofrío.

–Resulta difícil de creer que se haya cometido un asesinato en Royal –volvió a estremecerse y miró, inquieta, calle abajo–. Y más en este vecindario.

Rob siguió su mirada mientras acariciaba a la gata, que ronroneaba, complacida.

–Cierra usted bien la puerta, ¿verdad?

–Sí. Y también las ventanas –el color abandonó lentamente su rostro mientras lo observaba–. No pensará que quienquiera que mató a Eric volverá a matar otra vez, ¿verdad?

Él alzó un hombro y le devolvió a la gata.

–¿Quién sabe? Todavía no sabemos quién cometió el asesinato, ni por qué.

Ella enterró la cara contra el pelaje de la gata.

–Si pretende asustarme –dijo, temblorosa–, lo está consiguiendo.

–No pretendo asustarla. Solo quiero asegurarme de que toma las debidas precauciones –volvió a meterse las manos en los bolsillos–. Pero no he venido por eso. Me preguntaba si querría cenar conmigo mañana.

La invitación pilló a Rebecca completamente desprevenida.

–¿A cenar? –repitió–. ¿Mañana? –al ver que él asentía, se quedó mirándolo sin decir nada. Por un instante, se permitió creer que la encontraba atractiva, interesante, que quería conocerla mejor. Quizás incluso mantener una relación con ella. Hasta llegó a pensar que podía salir con él sin sufrir un ataque de pánico. Que podía hablar y reír y bromear con él, como cualquier mujer, sin que se le encogiera el estómago o le sudaran las manos.

Entonces recordó que él le había dicho que había ido a disculparse, y sus fantasías perdieron fuelle al comprender que su invitación no era más que una forma de pedirle perdón.

–No –musitó, y se dio la vuelta para ocultar su turbación–. Lo siento. Ya tengo planes.

Capítulo Tres

A Rob ya le habían dado calabazas otras veces, y siempre lo había aceptado sin darle más vueltas. Pero descubrió que no podía aceptar la negativa de Rebecca, y no porque su ego estuviera dolido, sino por ella. Por ese misterio que la rodeaba y que lo tenía fascinado casi desde el primer momento en que la vio. Se fue a la cama pensando en ella, se levantó pensando en ella. Y durante el día, mientras trabajaba en el caso, ella siguió ocupando su mente.

Sin embargo, no era la investigación lo que la mantenía continuamente en sus pensamientos. Al menos, no lo era desde que se había convencido de que era inocente. Era otra cosa. Algo inconcreto. Evasivo. Algo insidioso que se le escapaba, por más que intentaba atraparlo.

Rob, un hombre que disfrutaba con los acertijos, al que nada le gustaba más que desmenuzar un problema hasta llegar al fondo de la cuestión, se enfrentó a su fijación por Rebecca Todman del mismo modo metódico con que afrontaba un caso. Revisó las anotaciones que había hecho sobre sus conversaciones. Analizó desde todos los ángulos posibles el perfil que había trazado de la vida de Rebecca antes de su llegada a Royal. Miró durante horas enteras sus fotografías, tanto la que le habían hecho en la escena del crimen, como la que encontró en Internet, enterrada entre los archivos de un diario de Dallas, confiando en descubrir qué era lo que tanto lo intrigaba.

Y, sin embargo, encontró la respuesta cuando menos lo esperaba.

Estaba dormido, atrapado en las garras de una pesadilla que lo perseguía desde la infancia. El sudor cubría su cuerpo y empapaba las sábanas y, sin embargo, un miedo gélido fajaba su pecho y escarchaba su piel.

El sueño era siempre el mismo; solo variaba ligeramente de una vez para otra. En él, Rob siempre huía de su padre. Los miembros le pesaban y los pulmones le ardían por el esfuerzo. Intentaba escapar de la paliza que sin duda le daría su padre si lo atrapaba. Pero, por más que corría, su padre siempre estaba tras él, con los brazos extendidos, a punto de agarrarlo por el cuello.

Esa noche en particular, entró en escena una de las variaciones del sueño. Mientras corría, tropezó y cayó de bruces. Rodó por el suelo, en un movimiento instintivo aprendido con los años y que lo había salvado de más de una paliza. Pero esa vez su padre, anticipándose a su movimiento, lo atrapó. Sollozando, Rob se tapó la cabeza con el brazo para parar los golpes que sin duda caerían sobre él, y clavó los talones en el suelo, intentando levantarse y huir.

En ese instante se despertó.

Tardó un momento en recobrar el ritmo normal de la respiración. Y un segundo o dos más en desembarazarse del frío que helaba su piel.

Y entonces comprendió el paralelismo.

El brazo sobre la cabeza. La postura acobardada. Eso era lo que creía intuir en Rebecca, se dijo. Por eso siempre que estaba con él parecía tan inquieta. Tan nerviosa. La tarde que la sorprendió en el invernadero, reaccionó igual que él cuando su padre le pegaba.

Alguien había maltratado a Rebecca. Seguramente un hombre, a juzgar por cómo se comportaba con Rob. ¿Su padre?, se preguntó este mientras conducía hacia la floristería. ¿Un antiguo novio? ¿Su difunto marido? La identidad del agresor era intrascendente en ese momento. Lo que a Rob le importaba era demostrarle a Rebecca Todman que no era un hombre violento, que no tenía nada que temer de él.

No podía tolerar la idea de que le tuviera miedo, o de que pensara que podía agredirla físicamente. Él había sufrido abusos durante toda su infancia, y despreciaba a su padre por la crueldad que le había demostrado. Se ponía enfermo al pensar que Rebecca podía haber sufrido una experiencia semejante. Pero pensar que pudiera creer que él, Rob Cole, podía hacerle daño físicamente, sospechar que tal vez sintiera el miedo y el odio que él había sentido por su padre...

Pero eso no ocurriría, se prometió a sí mismo. Él se encargaría de quitarle aquella idea de la cabeza.

Sin saber aún qué haría para convencerla de que él no era como la persona que la había maltratado, aparcó el coche junto a la acera y entró en la tienda. La campanilla tintineó musicalmente sobre su cabeza, anunciando su entrada. Había varios clientes alineados frente al mostrador. Rebecca estaba tras este, sonriendo, mientras daba minuciosas instrucciones a un cliente al que acababa de venderle una planta. Al oír la campanilla, levantó la vista, pero su sonrisa se borró al encontrarse con la mirada de Rob.

Este inclinó la cabeza educadamente; luego comenzó a pasear por el pasillo, esperando a que la tienda se quedara vacía para acercarse a ella. Aguardó hasta que Rebecca acompañó al último cliente a la puerta, y entonces se colocó en el centro de pasillo, detrás de ella, bloqueándole el paso. Cuando Rebecca se dio la vuelta y se encontró frente a él, su cara palideció y, juntando las manos sobre el regazo, empezó a retorcérselas con nerviosismo.

–No he venido a hablar del asesinato de Eric –dijo él para tranquilizarla. Miró a su alrededor, buscando una excusa que justificara su visita–. La madre de un amigo está en el hospital –dijo al ver un globo en cuyo centro se leía el rótulo *Recupérate pronto* pintado sobre un arcoiris–. Me gustaría llevarle algo.

Rebecca tragó saliva, se pasó las manos por el delantal y rodeó a Rob para acercarse al mostrador.

–¿Un ramo de flores o una planta?

Rob la siguió.

–Lo dejo a tu elección.

Ella se colocó tras el mostrador, como si quisiera poner una barrera entre ellos.

–Las rosas le gustan a todo el mundo, pero están muy vistas y además duran poco. Yo sugeriría una planta con flores –se dio la vuelta y tomó una maceta de coloridas begonias que había sobre la mesa de trabajo–. Algo que le alegre la vista mientras esté en el hospital y también cuando vuelva a casa.

–Lo que a ti te parezca mejor –sacó la cartera y puso la tarjeta de crédito sobre el mostrador, observándola mientras ella envolvía la maceta con celofán rosa y ataba una cinta y un lazo a su alrededor–. Sigo queriendo llevarte a cenar –dijo él suavemente, deseando ver cómo reaccionaba.

Los dedos de ella vacilaron sobre el lazo. Respiró hondo y luego acabó de atarlo.

–La tienda lleva poco tiempo abierta –dijo, evitando su mirada–, y me quita mucho tiempo –señaló un expositor que había sobre el mostrador–. Si quieres elegir una tarjeta, la pondré en la planta.

Rob sacó una tarjeta y la firmó rápidamente.

–Pero en algún momento tendrás que comer –dijo.

–Sí, pero... –el teléfono sonó, salvándola de responder. Murmuró un «discúlpeme», levantó el teléfono portátil y lo sujetó entre el hombro y el cuello mientras acababa de envolver la maceta–. En Flor –dijo–. Sí, señora Carter –añadió mientras pasaba la tarjeta de Rob por la máquina; luego, se la devolvió–, quedamos a las cinco y media. Le llevaré varias plantas que creo que quedarán muy bien en su casa –Rob firmó el recibo de la tarjeta de crédito que Rebecca puso sobre el mostrador y siguió atentamente la conversación mientras guardaba la tarjeta y el recibo en la cartera–. Estaré allí sin falta a las cinco y media –le aseguró Rebecca a la mujer–. Hasta luego –colgó el teléfono, empujó la maceta hacia él y compuso una sonrisa–. Espero que a la madre de su amigo le guste la planta, señor Cole.

–Rob –la corrigió él.

Rebecca evitó su mirada. Sus mejillas se pusieron tan sonrojadas como las begonias.

–De acuerdo... Rob –al ver que él no se movía, se puso a recoger el mostrador, sin atreverse a mirarlo–. ¿Puedo hacer algo más por ayudarte?

Él miró a su alrededor. La conversación telefónica que acababa de escuchar le había ofrecido un excusa perfecta para volver a ver a Rebecca.

–Sí. En realidad, sí. Necesito algunas plantas para mi casa.

Ella arrugó el ceño.

–¿Qué tipo de plantas?

–No lo sé. Solo plantas.

–Antes de recomendarte alguna en particular, necesitaría saber qué clase de iluminación y cuánto espacio hay en tu casa, además del estilo de la decoración.

Él se encogió de hombros, complacido al ver que la había acorralado en un rincón del que no podía escapar.

–Yo no tengo ni idea de esas cosas. Será mejor que vayas a casa y lo veas por ti misma. ¿Qué te parece mañana a las seis?

Unos minutos después de que Rob se marchara, la campanilla de la entrada sonó de nuevo. Temiendo que fuera él otra vez, Rebecca miró hacia la puerta con aprensión, y vio que era Andrea O'Rourke quien acababa de entrar en la floristería.

–Andrea –dijo, aliviada, rodeando el mostrador para saludar a su amiga–. No sabes cuánto me alegro de verte.

Andrea arqueó una ceja.

—Si hubiera sabido que necesitabas clientes, habría venido antes.

Rebecca se rio débilmente.

—No necesito clientes, solo una cara amiga.

Andrea la tomó por el brazo con expresión preocupada.

—¿Un mal día?

—No —contestó Rebecca, dando gracias al cielo de nuevo por haber conseguido reunir el valor suficiente para visitar el Albergue Nueva Esperanza para mujeres maltratadas. Aunque nunca había tenido coraje para regresar en calidad de voluntaria, de aquella experiencia había sacado una amiga. Su amistad con Andrea se había consolidado hasta el punto de que había sido capaz de compartir con ella los horrores de su pasado de malos tratos. Desde entonces, durante los meses anteriores, a menudo había acudido a Andrea en busca de consejo.

—Solo un cliente que me crispa los nervios.

Andrea la observó mientras se acercaban al mostrador.

—¿Quieres hablar de ello?

Rebecca sacó dos taburetes para que se sentaran.

—La verdad es que es una tontería —dijo.

—No lo es, si te preocupa —le aseguró Andrea—. Vamos, cuéntame qué ha pasado.

Rebecca repiró hondo y lanzó un suspiro.

—Se trata de Rob Cole.

Andrea asintió. Sabía que Rob había interrogado a Rebecca varias veces.

—¿Ha vuelto a molestarte por el asesinato de Chambers?

Rebecca sacudió la cabeza.

—No, no exactamente.

—Entonces, ¿qué pasa?

—Ha estado aquí hace un rato y me ha pedido que

43

vaya a su casa para recomendarle unas plantas de interior.

Andrea la miró con curiosidad.

—Pero eso es bueno, ¿no?

Rebecca bajó los ojos y se miró los dedos, que tenía entrelazados sobre el regazo.

—Sí, claro...

—Oh, oh —masculló Andrea secamente—. Me parece que hay un pero.

—Es solo que... —empezó Rebecca; luego se detuvo y se mordió el labio inferior.

—¿Qué? —insistió Andrea.

Rebecca se levantó.

—Que me asusta, ¿vale? —dijo, paseando, inquieta—. Cada vez que lo veo, el estómago se me hace un nudo y me tiemblan las manos.

—¿Y no te pasa con otros hombres?

Rebecca se detuvo un momento, pensativa. Luego se dio la vuelta y volvió sobre sus pasos.

—No. La verdad es que no. Al menos, no de la misma forma.

—¿Y no será que te sientes atraída por Rob?

Rebecca tragó saliva, pero no se atrevió admitir que tal vez Andrea tuviera razón.

Su amiga sonrió suavemente y la tomó de la mano.

—Yo diría que has dado un gran paso en el camino hacia la recuperación.

Rebecca parpadeó varias veces.

—Si eso es cierto, entonces, ¿por qué me entra el pánico cada vez que lo veo?

—Sabes la respuesta a esa pregunta tan bien como yo. Pero Rob no va a hacerte daño, Rebecca —le dijo Andrea afectuosamente—. Sé que es arisco y que tiene pinta de duro, pero bajo esa apariencia se oculta un hombre muy agradable.

—Estoy segura de que sí —dijo Rebecca al instante—. Es solo que...

—Que piensas que todos los hombres son como tu

marido –acabó Andrea por ella. Le apretó la mano y luego la soltó, dando un suspiro–. Pues no lo son. Sé que no sirve de nada que te lo diga, pero es la verdad. Ahí fuera hay muchos hombres buenos y cariñosos. Por desgracia, tu marido no era uno de ellos.

Rebecca sacudió la cabeza.

–Sé que tienes razón. Al menos, eso me dice mi cabeza. Pero este –dijo, poniéndose una mano sobre el estómago– me dice otra cosa. La cita no es hasta mañana por la tarde, y ya tengo un nudo en el estómago.

Andrea se levantó, riendo.

–Todo irá bien –dijo, y pasó afectuosamente un brazo sobre los hombros de Rebecca–. Te aconsejo que intentes convencerte de que se trata solamente de una visita de negocios y no de una cita, y ya verás como ese nudo se deshace.

–Es una visita de negocios, no una cita –se decía Rebecca mientras conducía por la estrecha carretera de dos carriles, siguiendo las indicaciones que Rob le había dado. Aunque a lo largo del día había sentido varias veces el impulso de llamarlo para anular el encuentro, sabía que no podía permitirse el lujo de dejar pasar aquella oportunidad. Rob era un hombre muy querido y respetado en Royal, con poder para impulsar o hundir su negocio, si se le antojaba.

De pronto vio la entrada del rancho, marcada por dos largas columnas de piedra y un arco de hierro forjado con la leyenda «Círculo C» grabada a lo ancho. Sorprendida por su sencillez, estiró el cuello para mirarla por el espejo retrovisor mientras conducía por el camino empedrado que llevaba al interior del rancho.

Adelfas, pensó. Unas adelfas rosas, a cada lado de la puerta, formando un suave declive, darían a la entrada un efecto más colorido y dramático. Y unas lantanas amarillas plantadas frente a las adelfas servirían de contrapunto perfecto, tanto en altura como en color.

Pero, cuando volvió a mirar hacia delante, se olvidó completamente de las adelfas y las lantanas al ver una casa moderna, construida en madera y rodeada de árboles, que imitaba el estilo tradicional de las casas rancheras. Altas hileras de ventanas despuntaban entre las altísimas ramas de los árboles, y una chimenea de piedra se alzaba como un faro en el centro del tejado. Se detuvo lentamente delante de la casa, incapaz de apartar los ojos del impresionante edificio. No sabía exactamente cómo se había imaginado la casa de Rob Cole, pero sin duda no esperaba aquello. La casa, situada estratégicamente para aprovechar las vistas que ofrecía el paisaje, era una preciosidad.

Ansiosa por ver si el interior igualaba al exterior en diseño, recogió rápidamente su bolso y bajó de la furgoneta. Mientras recorría aprisa el camino de piedra que llevaba al porche delantero, su mente no descansaba ni un momento. Alhelíes blancos, coreopsis y lavanda para bordear el sendero de piedra. Grandes maceteros de madera de secoya con altas topiarias de hiedra colocados a ambos lados de la entrada. Un parterre bajo de verbena, o quizá de pequeñas rosas, bordeando el porche. Un grupo de sillas de mimbre en el amplio porche delantero y un balancín suspendido del techo, en un rincón, compondrían un lugar perfecto para recibir a los invitados o pasar una lánguida tarde verano.

Estaba tan enfrascada en sus pensamientos que se olvidó de llamar. Dio un salto, sorprendida, cuando la puerta se abrió y Rob apareció ante ella. Estaba más guapo que nunca.

En lugar de los pantalones de traje y las americanas que llevaba cuando había ido a interrogarla, llevaba unos vaqueros y una desgastada camisa de cambray, de un color azul más claro que el de sus ojos.

–¿Te ha costado mucho encontrar la casa?

Tenía, como siempre, una expresión pétrea y una

voz áspera y seca. Rebecca sintió que empezaban a temblarle las manos otra vez.

–N-no –tartamudeó, dando un paso atrás sin darse cuenta–. Ha sido muy fácil, con las indicaciones que me diste.

–Bien –él se apartó a un lado–. Pasa y echa un vistazo.

Ella crispó los dedos sobre la correa del bolso. «Una cita de negocios», se recordó, y se obligó a pasar a su lado. Una vez dentro, se detuvo y lanzó una rápida mirada a su alrededor mientras aguardaba a que él cerrara la puerta. Su mirada quedó atrapada de inmediato por los multicolores haces de luz que temblaban sobre las paredes de madera. Al alzar la vista, vio que, en la cúspide del altísimo vestíbulo, había una claraboya de cristal emplomado.

Su inquietud se disipó mientras contemplaba, absorta, los bellísimos paneles de cristal de colores, que formaban un dibujo continuo de colinas bajas, muy parecido al paisaje que había visto al llegar a la casa.

–Qué bonito –musitó.

Rob alzó la mirada mientras cerraba la puerta, siguiendo su mirada.

–¿Te gusta? Se lo encargué a un artesano local cuando construí la casa, hace dos años. Pero desde entonces apenas he hecho reformas.

Rob miró a su alrededor, intentando ver su casa a través de los ojos de Rebecca. Aunque la había diseñado él mismo, nunca había tenido interés por decorarla. Para él, una casa era solamente un lugar en el que dormir o trabajar.

Y, por supuesto, nunca se le habría ocurrido llenarla de plantas, si no hubiera sido porque era el único modo de volver a ver a Rebecca Todman.

–Por eso te he hecho venir –le dijo, y luego la condujo a la cocina.

Una hora después, Rebecca regresó a la cocina después de que Rob le enseñara toda la casa. Estaba

47

asombrada por lo que había visto. De repente, se le ocurrió que, si Rob le dejaba poner plantas donde ella quisiera, aquello iba a costarle una pequeña fortuna.

Al pensarlo, le dijo:

—Todavía no hemos hablado del presupuesto.

Él frunció el ceño.

—¿El presupuesto?

—Sí, de cuánto dinero quieres gastarte —explicó ella.

Él se encogió de hombros.

—Lo que cueste, supongo.

«Menuda respuesta», pensó Rebecca con fastidio.

—¿Y si te presento un proyecto con distintas posibilidades para que le eches un vistazo?

—Me parece bien.

Como la visita tocaba a su fin, Rebecca se colgó el bolso del hombro, preparándose para marcharse.

—Creo que lo tendré listo para mañana por la tarde —se forzó a tenderle la mano, como hacía con cualquier cliente potencial al final de una conversación—. Gracias por tu tiempo. Ha sido un verdadero placer ver tu casa.

Él arrugó el ceño mientras le daba la mano.

—¿Es que te vas?

—Bueno, sí —dijo ella, sorprendida—. Ya tengo toda la información que necesito por el momento.

—¿Puedo ofrecerte una copa antes de que te vayas?

Rebecca tragó saliva al ver que él no le soltaba la mano. Sintió un nudo en el estómago y notó que el pánico empezaba a apoderarse de ella.

—Gracias, pero no. De veras tengo que irme —intentó desasirse otra vez, pero él le apretó la mano con más fuerza. Sintió que el pánico crecía dentro de ella y que se le aceleraba la respiración.

Rob vio un destello de miedo en sus ojos y percibió el temblor de sus dedos.

—¿Me tienes miedo?

—No —se apresuró a decir ella y, tragando saliva, intentó desasirse de nuevo–. Por favor, señor Cole, de veras tengo que irme.

–Rob –le recordó él, soltándole la mano–. Mañana, cuando me traigas el presupuesto, ¿crees que podrás dedicarme un par de horas?

–Supongo que sí –contestó ella, inquieta–. Pero estoy segura de que no tardaremos tanto en revisar el proyecto.

–Seguramente no –él le hizo una indicación para que lo precediera de camino hacia la puerta–. Pero en cenar tardaremos algo más.

Rebecca se sentó sobre la cama y apoyó el bloc de dibujo sobre el regazo. Respirando profundamente, abrió las tapas, se recostó contra las almohadas y miró la página en blanco, sintiendo que sus viejas inseguridades volvían a asaltarla.

¿Sería capaz de hacer el diseño que le había prometido a Rob?, se preguntó, sintiendo que el pánico empezaba a apoderarse de ella. Hacía mucho tiempo que no dibujaba, y mucho más que no le enseñaba a nadie sus dibujos. Otro placer que Earl le había robado con sus comentarios desdeñosos sobre sus aptitudes artísticas y sobre el tiempo que perdía con una afición para la que, según decía, tenía escaso talento.

–Earl ya no está aquí –se dijo con firmeza, y se obligó a sacar un lápiz de la caja que había puesto sobre la cama, a su lado. Haciéndolo rodar entre los dedos, miró fijamente la amenazadora hoja en blanco. Luego, apretando los labios, trazó un primer arco que marcaba la separación entre la tierra y el cielo. Trazó otra línea. Y luego otra. Y pronto su mano empezó a volar con ligereza sobre la página, esbozando la forma de la casa de Rob y de los árboles que la rodeaban a medida que extraía de su memoria detalles que había almacenado inconscientemente durante su visita.

Sobre la mesilla de noche, el despertador marcaba los minutos y las horas mientras ella, absorta en su trabajo, sacaba un lápiz de color tras otro. Las paredes de madera de la casa de Rob fueron tomando forma a medida que las coloreaba, adquiriendo textura y profundidad, al igual que los complicados ángulos del tejado. Dibujó el sinuoso sendero que llevaba a la puerta principal; luego añadió las matas de lavanda, las coreopsis y los alhelíes blancos que había imaginado.

Con la lengua entre los dientes, dibujó el porche delantero, esbozando rápidamente los maceteros de cedro con topiarias de hiedra, los muebles de mimbre y el balancín.

Cuando acabó, se recostó en las almohadas, exhausta pero satisfecha.

El reloj de la mesilla marcaba las tres cuarenta y siete de la madrugada.

A la tarde siguiente, cuando iba en el coche hacia la casa de Rob, Rebecca se sentía agotada y, al mismo tiempo, expectante. Como no quería darle importancia a aquella cita, se había vestido como lo hubiera hecho para encontrarse con cualquier cliente potencial. ¿Qué importaba que él la hubiera invitado a cenar después de revisar el proyecto? Era un invitación sin importancia, el colofón natural de una reunión de trabajo celebrada a última hora de la tarde.

Pero, si así era, ¿por qué se sentía como si se encaminara a su propia ejecución?

Aparcó la furgoneta frente a la casa y se quedó sentada un momento, mirando la puerta, intentando reunir el valor suficiente para abandonar la seguridad del vehículo. Antes de que pudiera hacerlo, la puerta de la furgoneta se abrió, sobresaltándola.

Rob se inclinó a su lado.

—Perdona. No quería asustarte. Estaba en el establo

y te oí llegar. Pensé que tal vez necesitarías que te ayudara a sacar algo.

Rebecca agarró precipitadamente su bolso, que estaba sobre el asiento del pasajero.

–No. Solo traigo esto.

Él dio un paso atrás, dejándole sitio para salir.

–Pensaba que ibas a traer plantas para que las viera.

Ella salió de la furgoneta.

–No, hoy no. Pero he traído unos libros de horticultura, por si no conoces alguna planta de las que voy a sugerirte.

Rob le puso una mano bajo el codo y la condujo hacia la puerta. Sintió que ella se tensaba al notar su contacto, y comprendió que seguía teniéndole miedo. Refrenando su frustración, la soltó y abrió la puerta.

–He pensado que podemos hablar en la terraza, si te parece bien.

Rebecca evitó su mirada, asintió y lo siguió a través de la casa. Cuando llegaron a la terraza, él apartó una silla para que ella se sentara junto a una mesa de hierro forjado y luego, cuando Rebecca se sentó, se acercó a una barbacoa colocada al fondo de la terraza. Alzó la tapa y el humo ascendió formando una nube alrededor de su cabeza.

–Todavía falta un rato para que las brasas estén listas –dijo, bajando la tapa–. Podemos echarle un vistazo al proyecto mientras esperamos.

Rebecca se secó las palmas sudorosas de las manos sobre los muslos.

–De acuerdo –abrió el bolso y sacó el presupuesto, los dibujos que había hecho y un par de libros de horticultura. Mientras Rob se sentaba a su lado, extendió los dibujos sobre la mesa–. Ayer no hablamos de las plantas de exterior –empezó, obligándose a pensar en los dibujos y no en el hombre sentado a su lado–, pero me he tomado la libertad de hacer unos bocetos para enseñártelos.

Rob tomó el primer dibujo y, mientras lo estudiaba, alzó una ceja, reparando no solo en el realismo del paisaje que Rebecca había dibujado, sino también en la habilidad y la precisión con que había plasmado su casa. Lanzándole una mirada de admiración, preguntó:

–¿Lo has hecho tú?

–Sí –dijo ella, y entrelazó los dedos para evitar quitarle el dibujo de las manos.

Él se limitó a lanzar un gruñido y tomó el siguiente dibujo. Este representaba el interior del atrio, con el que ella se había quedado extasiada el día anterior. Rob arrugó el ceño mientras lo observaba, asombrado por la cantidad de detalles que había incorporado al dibujo.

Rebecca observaba su cara y sus esperanzas se tambaleaban, convencida por su silencio, por su ceño arrugado, de que no le gustaba su propuesta. Estiró una mano hacia el dibujo.

–Si no te gusta, puedo hacer otro.

Rob retiró el dibujo de su alcance.

–¿Quién dice que no me gusta?

Ella retiró las manos y volvió a unirlas sobre el regazo.

–Es por tu expresión. Estabas frunciendo el ceño –le explicó cuando él la miró desconcertado.

Rob volvió a gruñir, con un sonido que no indicaba ni aprobación ni disgusto, y luego señaló una planta de las que ella había dibujado.

–¿Qué es esto?

–*Dryopteris marginalis*. Helechos –le aclaró ella–. Y eso otro es una variedad de iris –dijo, indicando una planta de hojas anchas y altas y esbeltos tallos rematados por delicadas flores de color violeta–. Apenas necesita luz directa y se adapta muy bien a un jardín interior.

Él recogió los dibujos y el presupuesto y se los devolvió. Luego echó hacia atrás la silla y se acercó a la barbacoa.

A Rebecca le dio un vuelco el corazón, convencida de que había perdido el trabajo. Guardó los dibujos y el presupuesto en el bolso, intentando disimular su desilusión.

–¿Cuánto tardarás?

Ella levantó la vista y miró confundida la nuca de Rob.

–¿Perdona?

Él la miró por encima del hombro.

–El trabajo, ¿cuánto tardarás en hacerlo?

–Bueno... no estoy segura –contestó ella, aturdida–. Depende de qué que parte del proyecto quieras que haga.

Él señaló con la mano hacia el bolso donde ella había guardado los dibujos.

–Todo. ¿Cuánto tardarás? –repitió, y se dio la vuelta para alzar la tapadera de la barbacoa.

Ella lo miró fijamente mientras ponía dos gruesos filetes sobre las brasas. No podía creer que fuera a encargarle el trabajo sin mirar apenas el presupuesto.

–Tardaré un par de días en colocar las plantas de interior –dijo lentamente, intentando no pensar en lo que supondría un trabajo de aquella envergadura no solamente para sus ingresos, sino también para su reputación–. El atrio me llevará un poco más de tiempo, porque tendré que encargar el surtidor.

–¿Y lo de fuera? ¿Lo harás tú también o subcontratarás a alguien?

–Preferiría hacerlo yo misma, pero puedo subcontratar a un paisajista profesional, si lo prefieres.

Rob cerró la tapadera, sacudiendo el humo que subía de los filetes.

–¿Cuándo podrás hacerlo? –se volvió hacia ella, pasándose las manos por las culeras del pantalón–. Porque, con la tienda, supongo que tendrás poco tiempo.

–Por las tardes, después de cerrar, y los domingos.

A no ser que tengas prisa –añadió rápidamente–. Si es así, puedo llamar a otra persona para que se encargue del trabajo.

Comprendiendo que acababa de ofrecérsele en bandeja de plata otra oportunidad de pasar más tiempo con Rebecca, Rob se encogió de hombros.

–No tengo prisa. En realidad, a mí no me importaría mancharme un poco las manos. Si no te importa que te ayude, claro –añadió, y luego ladeó la cabeza hacia la parrilla antes de que ella pudiera responder–. Aún quedan unos minutos para que los filetes estén listos –le tendió la mano–. Vamos a dar una vuelta. Quiero que me expliques qué vas a hacer exactamente.

Capítulo Cuatro

Rebecca vaciló al ver su mano tendida. La ancha palma, los dedos ligeramente curvados. Una mano masculina. Una mano fuerte. Una mano capaz de levantarla por la fuerza y arrojarla contra la pared, o de abofetearla hasta dejarla sin sentido. A Earl le daba lo mismo una cosa que otra. Lo que le importaba era el fin. Sumisión. Dolor. Y, normalmente, las manos eran su arma predilecta.

Rebecca respiró hondo. «Él no es Earl», se dijo, arrumbando los malos recuerdos en un rincón de su mente. «Es un cliente». Y la mano tendida hacia ella no era más que una muestra de cortesía.

A pesar de que le costó un gran esfuerzo, le dio la mano y permitió que la ayudara a levantarse. Pero, en cuanto estuvo de pie, se apartó de él. Sin embargo, Rob se negó a soltarla y le apretó la mano con firmeza, pero sin hacerle daño.

—No he visto ningún dibujo del jardín de atrás —dijo él, y la condujo hacia el borde de la terraza enlosada, como si no percibiera su inquietud.

—No... no he hecho ninguno —ella se aclaró la garganta, confiando en que él no notara el temblor de su voz, ni la humedad de su mano sudorosa. Procuró no pensar en la fuerza de los dedos que se curvaban sobre los suyos, ni en la intimidad que suponía aquel gesto, e intentó concentrarse en los planes que había hecho para la casa—. Me parece una pena alterarlo. Las vistas con muy bonitas.

—Como tú digas —él se detuvo y se dio la vuelta para mirar la fachada trasera de la casa—. ¿Y la terraza?

—preguntó, haciéndola girarse para que se pusiera a su lado—. ¿Qué has pensado hacer con ella?

A Rebecca le resultaba difícil concentrarse en su pregunta sintiendo el calor que irradiaba de su mano y el olor penetrante de su loción de afeitar, que saturaba sus sentidos cada vez que respiraba.

«El trabajo», se reprendió con firmeza. «Concéntrate en el trabajo».

—Algo sencillo —dijo, consiguiendo mantener a raya el pánico—. Unos cuantos maceteros aquí y allá. Otro surtidor. Una fuente de pie, creo. Pero, si lo prefieres, podría encargarle al constructor que va a hacer el estanque japonés otro más pequeño, en piedra. Quizás uno con una cascada que caiga de una torre de rocalla.

Él entornó los ojos mirando la terraza, como si intentara visualizar lo que Rebecca acababa de describir.

—Me gusta —dijo, y asintió con determinación—. ¿Qué más?

Ella se soltó de su mano para señalar con el dedo y, esta vez, él le permitió que rompiera el contacto.

—Había pensado poner un baño de pájaros allí, al borde de la terraza, donde el atrio sobresale de la casa. Y colgar comederos para pájaros en el roble que da sombra a las ventanas del cuarto de desayuno. Así tendrías una vista perfecta de los pájaros desde la mesa del desayuno, y, además, los pájaros controlarían la proliferación de insectos. Las plantas también atraen...

Rob se echó hacia atrás un poco para mirarla mientras ella seguía hablándole de los comederos que pensaba colgar y de los pájaros y mariposas que atraerían, y notó que a medida que crecía su entusiasmo, sus mejillas se coloreaban y sus ojos se animaban con una nueva luz. No se molestó en decirle que rara vez se sentaba a la mesa del cuarto de desayuno, porque casi siempre comía en la barra de la cocina, sentado en un taburete, y que lo más probable era que nunca disfrutara del refugio para aves que ella pensaba crear en su jardín.

Mientras la observaba, el viento se levantó y removió su cabello. Sin pararse a pensarlo, extendió una mano para apartarle de la cara el pelo. Pero ella se apartó bruscamente, asustada, como si intentara esquivar un golpe.

Rob notó que en su vientre volvía a abrirse un agujero que derramaba un ácido abrasador dentro de su estómago. Torciendo el gesto, maldijo para sus adentros al hombre que había inculcado aquel miedo a Rebecca.

—Lo siento —dijo, y, retirando la mano, se la metió en el bolsillo—. Solo quería apartarte el pelo de la cara.

Ella se sonrojó y, bajando la cabeza, se colocó los mechones de pelo tras las orejas.

—No importa. Es solo que... me has asustado.

Lo cual era solo una parte de la verdad, pensó Rob. Y él quería toda la verdad. Quería que Rebecca se abriera a él, que le hablara de los abusos que había sufrido y del hombre que la había maltratado. Quería que confiara en él, que lo creyera si le decía que no tenía intención de hacerle daño.

—¿Siempre eres tan asustadiza? ¿O solo cuando estás conmigo?

—Sí... No.

—¿Sí o no?

Rebecca cerró los puños junto a los costados. Estaba furiosa con él por no dejar pasar aquel embarazoso incidente, y con ella misma por haberse asustado.

—No, no siempre soy tan asustadiza. Y sí, parece que surtes un efecto negativo sobre mi sistema nervioso.

—¿Por qué? —al ver que ella apretaba los labios y guardaba silencio, mirando fijamente la fachada de la casa, Rob se puso delante de ella. Le pasó un dedo por la mejilla y la forzó a mirarlo–. ¿Por qué? –repitió suavemente.

Rebecca contuvo las lágrimas que le ardían en la garganta.

–Porque me asustas. Sé que no pretendes hacerlo –se apresuró a añadir cuando él la miró inquisitivamente, con el ceño fruncido–, pero me asustas.

–¿Por qué? –ella dejó escapar un gruñido y se dio la vuelta, pasándose los dedos por el pelo y retirándoselo de la cara–. Rebecca...

Ante su insistencia, ella se dio la vuelta otra vez.

–¡Porque eres un hombre, por eso! –exclamó–. Eres más grande y más fuerte que yo, y podrías hacerme daño si quisieras –en cuanto pronunció aquellas palabras, se tapó la boca con las manos, asombrada por lo que acababa de decir, por lo que había estado a punto de revelarle.

Dando un paso hacia ella, Rob la miró fijamente y le bajó las manos muy despacio.

–¿He hecho algo que te haga pensar que quiero hacerte daño?

Al percibir el dolor y la serenidad que resonaban en su voz, Rebecca se sintió de repente muy débil y estúpida.

–No –musitó, y bajó la mirada.

–Yo nunca te haría daño. Te doy mi palabra, Rebecca. Mírame.

Aunque hubiera preferido esconder la cabeza bajo tierra y no tener que volver a ver la cara de Rob nunca más, ella se obligó a levantar la mirada.

Rob le apretó las manos afectuosamente.

–Eso está mejor –ella contuvo el aliento–. ¿Qué pasa? –preguntó él, extrañado.

–Has... has sonreído.

–¿Y?

–Nunca te había visto sonreír.

Él arqueó una ceja.

–¿De veras?

–Sí, de veras.

–¿Sabes qué? –dijo él, y volvió a apretarle las manos–. Si me prometes no dar un respingo cada vez que me acerco a ti, yo te prometo sonreír más a menudo. ¿Trato hecho?

Aunque Rebecca no sabía si sería capaz de cumplir aquella promesa, estaba dispuesta a intentarlo... aunque solo fuera por volver a ver su dulce sonrisa.

–Trato hecho.

Rebecca corría de la furgoneta a la tienda y de la tienda a la furgoneta, llevando las macetas y los accesorios de jardín que había elegido para la casa de Rob. Aunque se repetía una y otra vez que su estado de excitación se debía a que iba a comenzar un nuevo proyecto, en el fondo sabía que esa no era del todo la razón.

La verdad era que estaba deseando ver a Rob. A pesar de que la noche anterior, mientras cenaban, no había podido relajarse del todo, había conseguido divertirse hasta cierto punto. Y Rob la había ayudado cumpliendo su promesa de sonreír de vez en cuando.

De camino al rancho, estaba tan nerviosa que pensaba que iba a estallar si no llegaba pronto. Una vez allí, no vaciló, como las otras veces, sino que salió al instante de la furgoneta y se dirigió con decisión a la puerta principal. Llamó con los nudillos y, mientras aguardaba a que Rob abriera, se secó las manos sudorosas en las perneras de los pantalones chinos. Como nadie respondía, se inclinó para mirar por uno de los paneles de cristal que enmarcaban a ambos lados la puerta maciza. Al ver que la casa estaba a oscuras y que dentro nada se movía, refrenó su desencanto y volvió a la furgoneta.

Antes de regresar a casa, Rob, llevado por una corazonada, se pasó por la comisaría y pidió permiso para examinar el ordenador de la casa de Eric Chambers, con la esperanza de encontrar alguna clave sobre el móvil del asesinato.

–Lo siento –le dijo el detective a cargo del caso–. Hemos mandado el ordenador a Dallas para que lo analicen.

–¿A Dallas? –repitió Rob.

El detective se encogió de hombros.

–El de Dallas es el único laboratorio que cuenta con especialistas en informática.

Contrariado, Rob se pasó una mano por el pelo.

–¿Cuándo se lo devolverán?

–Les dijimos que se dieran prisa, pero supongo que tardarán por lo menos una semana; tal vez dos. Los técnicos están saturados de trabajo –le explicó el detective–. Hay muchos delitos informáticos pendientes de resolución.

Rob frunció el ceño y se volvió hacia la puerta.

–Llámeme cuando se lo devuelvan, ¿de acuerdo?

–Claro –dijo el detective a su espalda.

Desalentado por los obstáculos que encontraba en el camino, Rob montó en su deportivo. Se quedó allí sentado unos minutos, repiqueteando con los dedos sobre el volante, y de pronto se le ocurrió que Eric seguramente disponía de otro ordenador en la Wescott Oil. Como sabía que Sebastian era la única persona que podía autorizar el acceso a aquel ordenador, encendió el motor y se dirigió a las oficinas de la Wescott Oil.

Pero, cuando llegó, Sebastian ya se había ido. Le costó más de una hora dar con él. Cuando por fin lo encontró, estaba sentado a la barra del Club de Ganaderos de Texas, tomándose una cerveza.

Frunciendo el ceño, Rob se deslizó en un taburete, a su lado.

–Diablos, qué difícil es dar contigo. Ni tu secretaria sabía dónde estabas.

Sebastian bebió un trago de cerveza con una calma que irritó aún más a Rob.

–Exacto. Lo que no sabe, no lo puede repetir –sostuvo la cerveza delante de sí y contempló el líquido ambarino; luego lanzó una mirada de soslayo a Rob–. Que yo sepa, salir pronto del trabajo no es ningún crimen. Sobre todo, si uno es el jefe.

Rob alzó una mano, indicándole al barman que le sirviera un cerveza.

–Siento mucho decepcionarte, amigo –le dijo a Sebastian–. Pero hoy no vas a escaquearte así como así. Necesito tu ayuda.

–¿Para qué?

–Tengo que echarle un vistazo al ordenador de Eric. Tenía uno en la oficina, ¿no?

–Claro. Era el vicepresidente de contabilidad. ¿Pero para qué quieres ver su ordenador?

El barman puso una servilleta de papel y una cerveza delante de Rob. Este le dio las gracias con una leve inclinación de cabeza antes de volver a mirar a Sebastian.

–Para ver si guardaba en él algún archivo personal. He ido a la comisaría para pedir acceso al ordenador de su casa, pero lo han mandado a Dallas para que lo analicen.

Sebastian frunció el ceño un momento y luego se encogió de hombros.

–No sé qué piensas encontrar, pero adelante. Aunque creo que me llevará algún tiempo localizarlo.

–¿Pero qué dices? –preguntó Rob, temiendo haber dado con otro callejón sin salida–. Necesito ese ordenador.

Echándose hacia atrás, Sebastian le dio una palmada en el hombro.

–Cálmate, Sherlock. El ordenador está en la Wescott Oil... en alguna parte. Es que he hecho vaciar el despacho de Eric para instalar un equipo nuevo antes de que se instale su sustituto.

–¿Y dónde está el viejo? –preguntó Rob con impaciencia.

Sebastian se encogió de hombros.

–No tengo ni la menor idea. Pero el tipo que se encarga del inventario lo sabrá. Hablaré con él el lunes a primera hora y te llamaré en cuanto sepa algo.

–¡El lunes por la mañana! –exclamó Rob–. Pero si necesito ese ordenador ahora mismo.

Sebastian miró su reloj.

–Son más de las cinco. Jim ya se habrá ido a casa.

Rob intentó refrenar su irritación.

–¿No podrías llamarlo y pedirle que vuelva a la oficina?

–Vive en Midland –le informó Sebastian despreocupadamente–. A más de una hora de camino. Seguramente ni siquiera habrá llegado a su casa todavía. Cuando volviera a la oficina, serían las ocho o más –sacudió la cabeza y le dio a Rob otra palmadita en la espalda–. No te preocupes, Sherlock. Ese ordenador no va a ir a ninguna parte. El lunes a primera hora será todo tuyo, te lo prometo.

–Sí, ya, el lunes a primera hora –gruñó Rob.

Riendo, Sebastian puso el vaso vacío sobre la barra y se levantó.

–Vamos, te invito a cenar.

Rob apuró su cerveza y la deslizó sobre la barra

–Por supuesto que vas a invitarme. Yo te invité la última vez... –se interrumpió de repente, dándose una palmada en la frente–. ¡Maldita sea! No puedo. Ya llego tarde.

–¿A dónde? –Sebastian frunció el ceño–. ¿Es que tienes una cita?

–Sí. No –Rob volvió a maldecir–. He quedado con Rebecca Todman en mi casa a las cinco y media –le dio una palmada a Sebastian en el brazo y se alejó–. Pero me debes una cena –le dijo por encima del hombro.

Al llegar a casa y ver que la furgoneta de Rebecca estaba aparcada frente a la puerta, Rob dio un suspiro de alivio. Había temido que, al ver que no estaba, se hubiera marchado. Apagó el motor y miro a su alrededor, buscándola.

Vio de refilón un destello de color azul bajo el roble que daba sombra a la terraza y al cuarto de desayuno y, al fijar la vista, reconoció el color pastel de una camisa que le había visto a Rebecca en la tienda. Se quedó mirándola un momento, y vio que ella se ponía de puntillas para colgar un nido de una de las ramas más bajas del árbol; luego se puso en cuclillas, con expresión complacida, y se sacudió las manos. Pero, al mirar su reloj, el placer que le había causado colgar el nido pareció borrarse lentamente de su cara.

A Rob casi le pareció oír su suspiro de desencanto, y sintió una opresión en el pecho al ver que Rebecca se adentraba entre las sombras del árbol, buscando una rama baja para colgar un comedero. Era la primera vez que llegaba a casa y alguien lo estaba esperando. Nunca antes había experimentado la satisfacción que producía saber que alguien aguardaba ansiosamente su llegada.

Sin saber si aquella sensación le gustaba o no, salió y, sin dejar de mirar a Rebecca, estiró un brazo para recoger el maletín, que había dejado en el asiento de atrás. Pero sus dedos tocaron otra cosa, de textura muy distinta a la del suave cuero del maletín, y miró hacia atrás para ver lo que era. Sobre la alfombrilla del coche se encontraba la begonia rosa que le había comprado a Rebecca diciéndole que era para la madre de un amigo. Tenía las flores descoloridas y las hojas lacias y quemadas en los bordes, debido al calor del coche y la falta de agua.

Rob la sacó cuidadosamente del coche y la examinó. Todavía estaba viva. Era una superviviente, pensó de repente, sintiéndose mal porque, por su culpa, la planta estuviera agonizando. Entonces se le ocurrió una asociación de ideas y arrugó el ceño. Al igual que la planta, él había sido ignorado y maltratado y, a pesar de todo, había sobrevivido.

Pero no sin cicatrices, se dijo, y miró a Rebecca, recordando que ella le había dicho que nunca sonreía. ¿Y ella?, se preguntó, observándola mientras intentaba clavar una estaca de hierro en el suelo. ¿Cuántas cicatrices tendría?, volvió a preguntarse, encaminándose hacia ella.

–Siento llegar tarde.

Rebecca se irguió, sobresaltada al oír la voz de Rob. De pronto pareció que se apoderaban de ella los nervios, y se pasó las manos por las perneras del pantalón, mirándolo aturdida desde debajo de una rama colgante.

–No importa. Espero que no te importe, pero ya he empezado con el exterior... –se interrumpió al ver la planta mustia que él sostenía, y volvió a mirarlo, sorprendida–. Pero no entiendo. Pensaba que...

–Lo sé –dijo él, encogiéndose de hombros–. Te mentí. Me inventé esa historia porque quería verte otra vez, y esta –dijo, señalando la planta– parecía la excusa perfecta.

Rebecca lo miró, atónita, incapaz de creer lo que oía. ¿Había querido verla otra vez? ¿Se había inventado aquella historia sobre la madre enferma de su amigo solo para volver a verla?

–La dejé en el coche –oyó que decía él, y procuró concentrarse en sus explicaciones–. Se me olvidó por completo –le tendió la planta medio muerta–. ¿Crees que puedes salvarla?

Todavía asombrada por su confesión, Rebecca abrió las manos.

–Tal vez. No lo sé –alzó la planta para estudiarla a la luz del atardecer–. No está del todo seca. Creo que puedo... –al mirar a Rob, le dio un vuelco el corazón. En sus ojos había una dulzura que antes nunca había visto. Una especie de vulnerabilidad. Pero era absurdo, ridículo incluso, pensar que un hombre tan fuerte e independiente como Rob Cole quisiera o necesitara la ayuda de alguien, y menos aún la de Rebecca. Sin embargo, esta sintió que, al darle la planta, le estaba pidiendo que también lo salvara a él–. Sí –dijo, con más convicción de la que justificaba el estado de la planta–. Podré salvarla.

Rebecca dio unos pasos atrás para contemplar el resultado de sus esfuerzos.

–Perfecto –dijo; luego alzó la mirada hacia Rob, ansiosa por oír su opinión–. ¿Qué te parece?

Rob frunció los labios, pensativo, y fingió estudiar el arreglo de plantas y accesorios que Rebecca llevaba tres cuartos de hora colocando sobre el suelo de mármol que rodeaba el jacuzzi de su cuarto de baño.

–No sé –dijo, indeciso–. Quizá deberías mover aquella planta del rincón dos centímetros a la izquierda –ella miró la planta y él, riendo, la tomó de la mano–. Era una broma. Me gusta tal y como está.

–Puedo moverla, si quieres –insistió ella, mirando críticamente la planta mientras él le apretaba la mano.

A Rob no le pasó inadvertido el hecho de que no diera un respingo, ni se apartara, asustada, cuando la tomó de la mano. Rebecca incluso había curvado los dedos sobre su mano, y no parecía querer desasirse. Un gran progreso en su relación, pensó él. Y, para probar que Rebecca había dejado de tenerle miedo, le soltó la mano y le pasó el brazo por encima del hombro.

–Está bien así, de veras –dijo–. Solo quería tomarte un poco el pelo.

Ella ladeó la cabeza para mirarlo.

–¿Estás seguro?

Riendo, él la hizo girarse para colocarla delante de sí y le puso las manos sobre los hombros.

–Sí, estoy seguro. Está perfecta tal y como... –se interrumpió al ver en los ojos de Rebecca un destello de expectación. Bajó la mirada hasta su boca y estuvo a punto de lanzar un gemido al ver que ella sacaba un poco la lengua para humedecerse nerviosamente los labios. Al instante comprendió que estaba a un paso de caer en la tentación–. Rebecca...

–¿S-sí?

Rob dio un paso hacia ella y deslizó los brazos por su espalda para enlazarla por la cintura.

–¿Estás pensando lo que creo que estás pensando?

Ella tragó saliva.

–No lo sé –dijo, casi sin aliento–. ¿Qué crees que estoy pensando?

Si aquello lo hubiera dicho otra mujer, Rob lo habría tomado por un rasgo de coquetería. Pero, al percibir el temblor de su voz, comprendió que Rebecca no pretendía flirtear con él. Sencillamente, se sentía tan insegura que ni siquiera podía expresar en voz alta lo que pensaba.

–Que quieres que te bese –dijo él–. Y, si es así –se apresuró a añadir–, entonces estamos pensando lo mismo, porque yo estoy deseando besarte.

Antes de que ella pudiera decir algo, o darse la vuelta y huir, Rob bajó la cabeza y la besó suavemente. Enseguida le acudió la palabra «dulzura» a la cabeza. Y, luego, la palabra «ardor». Sintió que aquellas dos sensaciones lo envolvían, entremezclándose en su mente y apremiándolo a besarla con más pasión. Y así lo hizo, dejando escapar un suave gruñido.

Rebecca notó la vibración de aquel sonido impaciente y masculino contra sus labios, y de pronto sintió ganas de llorar. Pero no porque temiera a Rob. Lo único que temía era que este se detuviera, que dejara de besarla antes de poder disfrutar del todo de aquel beso.

Había creído no estar preparada para aquello. En realidad, temía no volver a estar preparada para enfrentarse a un relación íntima.

Hacía mucho tiempo que no besaba a un hombre, pensó a través de la neblina que ofuscaba su mente.

Hacía mucho tiempo que no sentía la presión de una boca contra la suya sin experimentar miedo. Hacía mucho tiempo que no sentía en el vientre el enardecimiento del deseo, en vez de un nudo de angustia por lo que vendría después.

Le gustaba que Rob la estuviera besando, se dijo, y reunió el coraje suficiente para alzar las manos y rodearle el cuello. No se dejaría llevar por el pánico. Era Rob quien la estaba besando. Rob quien la abrazaba. No Earl.

Mientras se decía esto, Rob deslizó las rodillas entre las suyas y la empujó suavemente hacia atrás, hasta que sus hombros chocaron con la pared del cuarto de baño. El frescor de los baldosines la atravesó como un cuchillo.

Rebecca deseó pedirle que parara, que retrocediera un poco y le dejara espacio para respirar. Pero él seguía besándola, impidiéndole hablar. Ella bajó las manos y las apoyó sobre el pecho de Rob para apartarlo, pero él malinterpretó el gesto y, lanzando un gruñido, se inclinó hacia ella, apretándola aún más entre la pared y su cuerpo duro y musculoso.

Rebecca no podía moverse, ni apenas respirar. De pronto, al recordar que Earl también la abrazaba así, sintió que un escalofrío de pánico le subía por la espalda y por el pecho, amenazando con asfixiarla. Earl la empujaba, y su espalda golpeaba la pared con un golpe seco. Luego, le echaba la cabeza hacia atrás, y la agarraba por el cuello con una mano grande y poderosa. De repente, creyó que era Earl quien la estaba besando. Que era su cuerpo, y no el de Rob, el que la mantenía apretada contra la pared.

Y, esta vez, Earl cumpliría sus amenazas y la mataría.

Ciega a todo, salvo a la necesidad de sobrevivir, al deseo de escapar, mordió la boca de Rob y lo empujó con todas sus fuerzas.

Él la soltó inmediatamente y dio un paso atrás, respirando con dificultad. Aún resonaba en sus oídos el «¡No!» que Rebecca había gritado. Notando un sabor acre, se pasó el dorso de la mano por la boca, y miró, aturdido, la sangre, sin saber qué pasaba, qué había hecho mal.

Pero al ver que Rebecca lloraba, encogida contra la pared, lo comprendió todo.

–Ah, demonios –dijo, maldiciéndose por su estupidez, y tendió una mano hacia ella.

Rebecca se asustó y, creyendo que iba a pegarle, se cubrió la cabeza con los brazos.

Al verla, Rob sintió un nudo en el estómago.

–Rebecca –dijo, procurando infundir en su voz una calma que estaba muy lejos de sentir. Al ver que el llanto de ella remitía hasta convertirse en entrecortados sollozos, se acercó a ella–. Rebecca –ella se encogió aún más, y Rob la agarró de las manos y las bajó lentamente. Pero ella se desasió y le arañó la cara y el cuello antes de que él pudiera agarrarla otra vez–. Rebecca –dijo con más firmeza–. Soy yo, Rob –al ver que ella seguía debatiéndose, la rodeó con sus brazos, apretándola contra sí–. No voy a hacerte daño. Te lo juro. Cálmate, ¿de acuerdo? No voy a hacerte daño. De veras –la sujetó con fuerza con un brazo y con la otra mano le acarició suavemente la espalda.

Después de lo que le parecieron horas, su voz pareció penetrar por fin en la pesadilla que la mantenía atrapada, y Rebecca se derrumbó flojamente en sus brazos.

Rob continuó abrazándola hasta que dejó de temblar.

–¿Estás bien? –preguntó cuando creyó que lo peor había pasado.

–S-sí.

Rob sintió alivio al oír su voz, pero al mismo tiempo notó la angustia y la vergüenza que resonaban en ella. Aflojó el abrazo y bajó la cabeza para mirarla.

–¿Estás segura?

Ella asintió, pero no levantó la cara, ni se atrevió a mirarlo.

Rob la soltó lentamente y dio paso atrás.

–¿Quieres decirme qué te ha pasado?

Ella se dio la vuelta y sacó un pañuelo de papel de una caja que había sobre el tocador.

–No ha sido nada. Solo un ataque de nervios. A... a veces me pasa –se limpió las lágrimas y luego se sonó la nariz–. Tengo... tengo claustrofobia.

Rob vio el reflejo de su cara en el espejo del tocador. Tenía los ojos hinchados y la cara colorada. ¿Claustrofobia? No, aquello no era claustrofobia.

–Rebecca... –empezó a decir.

Pero ella se dio la vuelta y se alejó de él.

–Es tarde –dijo, dirigiéndose apresuradamente hacia la puerta–. Tengo que irme. No hace falta que me acompañes –dijo por encima del hombro, y echó a correr.

Rob la dejó marchar, comprendiendo que, si intentaba retenerla, solo conseguiría empeorar las cosas. Debía darle tiempo para que superara la vergüenza que sentía. Tiempo para que asimilara lo que había ocurrido. Pero no demasiado. Un día. Dos, como mucho. Si para entonces no sabía nada de ella, iría a buscarla.

–Fue horrible.

Consciente del estado de angustia de Rebecca, Andrea intentó calmarla.

–Vamos, no creo que fuera para tanto.

Rebecca miró a su amiga con amargura.

–Créeme. Yo estaba allí. Fue horrible.

Rebecca caminaba de un lado a otro de la tienda, y Andrea la seguía, intentando alzanzarla.

–¿Le explicaste por qué te pusiste tan nerviosa? Seguro que, si lo hubieras hecho, él lo habría entendido.

Rebecca se detuvo tan bruscamente que Andrea estuvo a punto de chocar con ella.

–¿Explicárselo? –repitió Rebecca, incrédula, y se dio la vuelta–. Me mudé a Royal porque aquí nadie sabía nada de mi pasado. ¿Por qué demonios voy a contarle a nadie, y menos a Rob Cole, que mi marido me maltrataba, si me he venido hasta tan lejos para escapar de todo eso?

–Aquello no fue culpa tuya, Rebecca –dijo Andrea suavemente–. La culpa fue de Earl, no tuya.

–Fue culpa mía –dijo Rebecca–. Yo me quedé, ¿no? Me quedé con él durante cuatro largos años, porque no tuve valor para pedirle el divorcio.

–Sí que se lo pediste –le recordó Andrea con firmeza.

Gruñendo, Rebecca se miró las manos, y vio de nuevo la cara de Earl el día que por fin reunió valor para decirle que iba a dejarlo. La rabia que crispó sus rasgos, el rojo sangre que cubrió su tez perfectamente bronceada.

–Sí –farfulló, poniéndose las manos sobre la boca. Las dejó caer y alzó lentamente la cabeza–. Pero nunca sabré si habría sido capaz de hacerlo, porque Earl se mató en el accidente.

–¿Y qué? –preguntó Andrea con impaciencia–. Lo importante es que diste un paso adelante y te negaste a permitir que siguiera controlando tu vida. Y desde entonces has dado otros muchos pasos hacia delante.

Agotada, Rebecca se dejó caer sobre un taburete, detrás de la caja registradora.

–Dime uno –dijo débilmente.

–Te enfrentaste a tus suegros cuando impugnaron tu derecho al testamento de Earl.

–No lo hice yo. Lo hizo mi abogado.

Ignorándola, Andrea continuó.

–Te mudaste a una ciudad nueva en la que no conocías a nadie. Te compraste una casa. Abriste un negocio. Y...

Rebecca levantó una mano, interrumpiendo a su amiga.

–Hice esas cosas por mí misma, no por enfrentarme a Earl, ni a nadie a más.

–Exacto –replicó Andrea–. De eso se trata. De ti. De Rebecca Todman. Haces las cosas que quieres hacer, por ti misma, no porque alguien te las imponga. Y te resbala que los demás no aprueben tus decisiones –añadió.

–¿Qué me resbala? –repitió Rebecca con sorna–. Sí, claro. Soy una tía muy dura.

Andrea se sentó en otro taburete, junto a ella.

–Puedes reírte si quieres –dijo, alzando tozudamente la barbilla–. Pero has recorrido un largo camino. Ya no eres ese ratoncillo asustado que Earl utilizaba como saco de boxeo.

La cara de Rebeca palideció.

–Eso era, ¿verdad?

Arrepintiéndose de haber utilizado aquella comparación, Andrea deslizó un brazo sobre los hombros de Rebecca.

–No te lo tomes al pie de la letra. Pero has cambiado mucho, Rebecca. Ahora eres más independiente, controlas más tu vida que cuando estabas con Earl.

–A juzgar por lo que ocurrió anoche, yo diría que todavía me queda un largo camino por recorrer.

Andrea retiró el brazo y le dio una palmada en la rodilla.

–Llegarás al final de camino, ya lo verás. Pero primero tienes que convencerte de que todos los hombres no son como Earl. Y menos aún Rob.

Rebecca apoyó los codos sobre las rodillas y la cara en las manos.

–Oh, Dios –gimió lastimosamente–. Nunca podré volver a mirarlo a la cara.

–Lo harás porque tienes que hacerlo –contestó Andrea con decisión–. Es un paso más para liberarte de tu pasado.

Rebecca ladeó la cabeza y la miró con el ceño fruncido.

—Para ti es fácil decirlo. A ti no estuvo a punto de darte un ataque de asfixia por un simple besito.

—¿Un simple besito? —repitió Andrea, arqueando una ceja—. Yo no describiría así los besos de Rob Cole.

Rebecca se enderezó lentamente, sintiendo un nudo en el estómago.

—No sabía que Rob y tú habíais estado... juntos.

Andrea movió una mano, desechando el comentario de Rebecca.

—No, nada de eso. Rob y yo solo somos amigos —lanzó a Rebeca una mirada maliciosa—. Pero las mujeres haban, ¿sabes? Y, por lo que he oído, Rob besa realmente bien. Entre otras cosas —añadió, y se echó a reír al ver que Rebecca se levantaba de un salto del taburete, con las mejillas cubiertas de un rojo brillante.

Capítulo Cinco

Con anterioridad a aquella mañana, Rebecca pensaba que conocía el miedo. Pero, a medida que avanzaba el día, aprendió el verdadero significado de la palabra. Descubrió que bajo su piel reptaba algo vivo, que llevaba atada al tobillo una cadena de presidiario que lastraba sus pasos, y que un dedo sarmentoso empujaba perversamente las manecillas del reloj hacia la hora de cerrar, y la señalaba maliciosamente, burlándose de su miedo a volver a ver a Rob.

Descolgó el teléfono cien veces para decirle que no podía acabar el trabajo, pensando que podría mirarlo a la cara otra vez después de haberse puesto en ridículo de aquella forma. Pero siempre colgaba el teléfono antes de marcar. Debía acabar el trabajo, se decía lastimeramente. No podía permitirse el lujo de perder aquel dinero, ni poner en entredicho el buen nombre de negocio.

Después de cerrar la tienda, se montó en la furgoneta y condujo hacia el rancho, pensando, resignada, en la humillación que la esperaba. Pero, cuando llegó, no vio ni rastro de Rob, ni del coche. Dando gracias al cielo, descargó rápidamente las herramientas y se puso a trabajar, confiando en acabar de preparar los lechos de tierra y en marcharse antes de que él volviera.

Acabó de marcar los bordes de los parterres a ambos lados del camino y había empezado a remover la tierra de uno de ellos cuando oyó el ruido de un motor. Creyendo que era Rob, procuró refrenar su nerviosismo y lanzó una mirada de soslayo por encima del hombro.

Pero en lugar del reluciente deportivo de Rob, vio que se acercaba a la casa una camioneta que tiraba de un remolque, levantando una columna de polvo. La camioneta frenó ruidosamente delante de la casa y el conductor sacó la cabeza por la ventanilla.

—¡Hola! —gritó—. ¿Está Rob en casa?

Rebecca se puso una mano en la frente para hacerse sombra, pero no reconoció al viejo sentado tras el volante.

—No, pero creo que está a punto de llegar.

El viejo lanzó un escupitajo de tabaco mascado por la ventanilla, farfulló algo para su rebozo y luego gritó:

—No puedo esperarlo. Baje al establo y fírmeme los papeles mientras yo descargo.

Antes de que Rebecca pudiera explicarle que ella no tenía autorización para firmar nada, el hombre metió la cabeza y se alejó.

Rebecca se quedó mirando la camioneta, asombrada por la rudeza del viejo. «Tendrá cara», pensó, enfurecida, y, dejando la azada en el suelo, se dirigió al establo.

—Escuche, señor —empezó a decir al acercarse a la parte trasera del remolque, dispuesta a echarle la bronca—. Yo... —dio un salto hacia atrás al ver que el viejo saltaba del remolque, llevando de la brida a un caballo. Cuando el animal pasó a su lado, Rebecca observó que tenía las patas temblequeantes, la cabeza gacha y que las costillas se le notaban tanto que podían contársele todos los huesos.

—Oh, cielos —musitó, mirando horrorizada al pobre animal. Corrió para ponerse al lado del hombre, que ya estaba entrando en el establo—. ¿Qué le pasa a este caballo? ¿Está enfermo? ¿Por qué lo ha traído aquí? ¿Rob sabía que iba a venir? Oh, pobrecito —dijo, apenada, tendiendo cautelosamente una mano para tocar las costillas del animal.

Ajeno a su preocupación por el caballo, el viejo le

quitó al animal el freno y le dio una palmada en las ancas para que se metiera en una cuadra. Atrancó la puerta, luego se dio la vuelta, cambiándose de lado de la boca una gruesa pastilla de tabaco, y sacó un papel doblado del bolsillo de la camisa. Se lo tendió a Rebecca, junto con un bolígrafo.

–Firme ahí abajo.

Rebecca dio un paso atrás.

–Yo no puedo firmar nada. No tengo autorización.

Frunciendo el ceño, el hombre lanzó otro escupitajo de tabaco al suelo, entre los pies de Rebecca.

–No le estoy pidiendo que compre el caballo, señora. Solo quiero que firme ese papel para verificar que lo he entregado –volvió a tenderle el papel y el bolígrafo–. Firme ahí, para que pueda irme a casa y comerme la cena antes de que mi vieja se la eche a los perros.

Ella escondió las manos detrás de la espalda.

–No puedo.

Él frunció el ceño, como si creyera que así podía intimidarla para que firmara.

Rebecca alzó tozudamente la barbilla.

Torciendo el gesto, él se dio un palmada en el muslo.

–Está bien. Como quiera. A mí me da lo mismo. Volveré a meter a ese viejo rucio en el remolque y me lo llevaré a la fábrica de pegamento.

Rebecca le quitó el papel de las manos antes de que pudiera guardárselo en el bolsillo.

–¡No lo hará! –escribió rápidamente su nombre al final del papel–. Menuda idea –masculló, enfadada, y luego se detuvo, mirando con asombro la cifra que figuraba en la factura–. Madre mía, vaya robo –exclamó–. Ese caballo no puede valer tanto dinero.

El hombre volvió a escupir entre sus pies.

–En la fábrica de pegamento pagarían eso y más –le quitó la factura de las manos y se la guardó en el bolsillo de la camisa–. Dígale a Rob que tengo otro para él –dijo por encima del hombro mientras se alejaba–. Se lo traeré dentro de un par de días.

Rebecca vio que el viejo se subía en la camioneta y se alejaba por el camino. Al caer en la cuenta de lo que le había dicho, le gritó:

–¡Dígaselo usted! Yo no soy su secretaria –pero él no la oyó. O fingió no oírla. Aquel hombre era tan grosero que Rebecca no sabía si es que no la había oído, o si había preferido ignorarla.

Pero, de todos modos, se sintió muy orgullosa por haberle contestado.

Rob le hizo una seña al barman para que le sirviera una cerveza y luego se unió a los demás miembros del Club de Ganaderos de Texas que ya estaban sentados a la mesa.

–Hola, Rob –dijo Keith Owens, un poderoso empresario y experto en ordenadores, cuando Rob apartó una silla para sentarse a su lado–. ¿Qué tal te va?

Rob se encogió de hombros y masculló un gracias cuando el camarero puso la cerveza delante de él.

–Bien, supongo.

Keith se inclinó hacia él, escrutando su cara.

–Vaya. ¿Qué te ha pasado? ¿Te has peleado con un gato?

Rob se tocó la herida que tenía en el labio, donde Rebecca le había mordido, y sacudió la cabeza.

–No. No es más que un corte.

–Apuesto a que fue una mujer –dijo Jason–. A Rob le gusta que las mujeres sean un poco salvajes en la cama. ¿Verdad, Rob?

Rob le lanzó una mirada furibunda.

–Cállate, ¿quieres? Ya os he dicho que no es nada. Solo un arañazo –dio un sorbo a la cerveza y luego miró a su alrededor,–. ¿Dónde está Sebastian? Pensaba que estaría aquí.

Dorian, el hermanastro de Sebastian y miembro más reciente del club, sacudió la cabeza.

–No lo he visto. Supongo que habrá ido a echarse un rato.

Sorprendido, Rob miró a Dorian fijamente.

–¿A echarse? ¿Por qué?

Dorian se encogió de hombros.

–Por la investigación del asesinato, supongo. Me parece que está empezando a afectarle.

Rob frunció el ceño, pensando, irritado, en la falta de progresos de la investigación.

–Sé que está deseando ver entre rejas al asesino de Eric, pero eso llevará algún tiempo. No tenemos ninguna pista, ni una sola prueba –dio un resoplido–. Demonios, no tenemos nada.

–De eso se trata –contestó Dorian–. La policía no deja en paz a Sebastian. Le están haciendo montones de preguntas que él se niega a contestar –sacudió la cabeza de nuevo, y luego se echó hacia atrás, dando un suspiro–. Estoy preocupado por él. Debería decirle a la policía dónde estaba la noche del asesinato. Así lo dejarían en paz de una vez.

Rob lo miró, asombrado. No sabía que la policía sospechara de Sebastian.

–¿Creen que Sebastian mató a Eric?

–Eso parece –contestó Dorian con amargura–. Como tú acabas de decir, no tienen ninguna pista. Pero creo que están ansiosos por cerrar el caso, y me parece que Sebastian va a servirles de cabeza de turco –miró a su alrededor y añadió–. Están interrogando a los empleados de la Wescott Oil. Yo me alegro de tener una buena coartada. La noche que mataron a Eric, estaba cenando en el restaurante. Laura Edwards me atendió, y puede verificar que estuve allí.

«¿Laura Edwards?». Rob recordó a la camarera que los había atendido a Rebecca y a él, y volvió a ver su expresión de pavor cuando los oyó hablar del asesinato de Eric. Se reprendió para sus adentros por no haber hablado con ella y procuró concentrarse en lo que estaba diciendo Dorian.

–Sebastian, en cambio... –Dorian sacudió la cabeza–. No se hace ningún bien a sí mismo comportándose como se comporta.

–¿Qué quieres decir? –preguntó Rob.

Dorian frunció el ceño y volvió a sacudir la cabeza.

–No sé, la verdad. Últimamente actúa de manera extraña. Está muy huraño. No quiere hablar con nadie del asesinato. Ni siquiera conmigo.

Rob se levantó. Ya había oído suficiente.

–Conmigo hablará.

Pero Rob no habló con Sebastian esa tarde. No consiguió dar con él. Ni en la oficina, ni en su casa.

De camino al rancho, se pasó por el club otra vez para ver si estaba allí, pero no vio su coche en el aparcamiento.

Era casi de noche cuando llegó al rancho. Le sorprendió ver la furgoneta de Rebecca aparcada frente a la puerta. Después del incidente de la noche anterior, no esperaba verla tan pronto.

Pero se sorprendió aún más cuando, después de echar un vistazo a su alrededor, no vio ni rastro de ella. Preguntándose dónde se habría metido, rodeó la casa, pero no la encontró. Iba a volver sobre sus pasos cuando notó que la luz del establo estaba encendida. Extrañado, se encaminó hacia allí.

Oyó a Rebecca antes de verla. Su voz parecía la de una madre que consolara a su hijo enfermo. Hechizado por aquel sonido, lo siguió hasta la cuadra del fondo. Rebecca estaba allí, dándole puñaditos de hierba a un caballo famélico.

Se quedó mirándola un momento.

–Rob sabrá lo que hay que hacer –oyó que le decía al caballo–. Tú aguanta un poquito más, ¿de acuerdo? –el caballo sacudió la cabeza como si la entendiera, y

Rebecca sonrió–. Eres muy listo, ¿eh? –musitó, acariciando el hocico del animal–. Más listo que ese viejo gruñón que te ha traído.

–¿Quién? –preguntó Rob–. ¿Fegan?

Rebecca levantó la mirada, sobresaltada, y se puso una mano sobre el corazón.

–Oh, gracias al cielo que estás aquí –dijo, aliviada–. Un viejo muy desagradable trajo este caballo y se fue –miró al animal y se retorció las manos–. No sabía qué hacer, ni qué darle de comer, y temía que se muriera antes de que volvieras.

Rob abrió la puerta de la cuadra y entró, cerrándola tras él.

–Pues me parece que te las estabas arreglando muy bien. Aunque había heno –añadió, viendo un montoncito de hierba a los pies de Rebecca; hierba que, imaginaba, ella habría recogido en la pradera. Acarició al animal entre las orejas, luego le levantó la cabeza y le examinó los ojos y los dientes–. Es viejo. Debe de tener al menos veinticuatro años.

–Ese hombre me hizo firmar un papel antes de marcharse –dijo ella–. Le dije que no podía hacerlo, que no tenía autorización. Pero me dijo que, si no lo hacía, se llevaría el caballo a la fábrica de pegamento.

Rob notó que había dejado de retorcerse las manos y que tenía los puños cerrados. Así que también tenía carácter, se dijo, satisfecho.

–Y seguramente lo habría hecho –replicó. Le dio al caballo una palmadita tranquilizadora y, al pasar junto a Rebecca, también el dio una a ella, en el hombro–. Hiciste bien.

Ella se dio la vuelta y lo miró fijamente mientras él abría la puerta.

–¿De veras?

–Sí, claro.

Rob cerró la puerta y se alejó. Rebecca corrió tras él.

–¡Espera! –gritó, intentando abrir la puerta de la

cuadra–. ¿A dónde vas? No puedes dejarme aquí. Este animal necesita... –gritó, a punto de echarse a llorar–. ¡Yo no sé lo que necesita! –consiguió abrir la puerta y miró a su alrededor frenéticamente, buscando a Rob. Lo vio cuando se disponía a entrar por una puerta abierta, al otro lado del establo, y echó a correr tras él.

Se detuvo a la entrada de la habitación, casi sin aliento. Rob estaba delante de una nevera abierta, llenando tranquilamente una jeringa. Al verlo, Rebecca sintió un nudo en el estómago.

–¿Qué estás haciendo? –musitó–. No irás a matarlo, ¿verdad? –se acercó a él apresuradamente y lo agarró del brazo–. ¡No puedes hacerlo! No te lo permitiré. Sé que es viejo y que está enfermo, pero todavía no está listo para morir. Estoy segura de ello.

Él se desasió y la miró con el ceño fruncido.

–No voy a matarlo. Solo voy a ponerle una inyección.

Entonces Rebecca vio la herida de su labio y los arañazos de su mejilla, y contuvo el aliento. Aquello se lo había hecho ella, pensó, y contuvo una náusea. Acongojada por haberle hecho daño, alzó una mano para tocarle la mejilla. Pero él la agarró por la muñeca antes de que pudiera tocarlo.

–¿Qué pasa? –dijo él, impaciente, apartándole la mano.

Ella escondió la mano detrás de la espalda.

–Tu cara. Eso te lo hice yo. Lo siento. No quería hacerte daño...

Él movió la mano despreocupadamente.

–No es nada.

–Oh, sí que lo es. Y lo siento. Lo siento mucho, de veras.

Él frunció el ceño y la agarró del codo.

–Me han hecho cosas peores, créeme. Venga, vamos. Tengo que ponerle una inyección de penicilina a ese caballo.

Rebecca corrió para ponerse a su paso.

—¿Sabes cómo hacerlo?

—Lo he hecho un par de veces —se detuvo ante la puerta y dejó que ella la abriera—. Puede que sea demasiado tarde —dijo, acercándose al caballo y pasándole una mano por el pescuezo. Apretando los labios, sacudió la cabeza—. No sé. Tendremos que esperar a ver qué pasa —le indicó a Rebecca que se acercara—. Sujétale la cabeza mientras le pincho.

Rebecca tragó saliva, asintió y se colocó junto a la cabeza del caballo. Pasó un brazo alrededor de su pescuezo y le hizo bajar la cabeza.

—Está bien, pequeño —dijo suavemente, mientras Rob se preparaba para ponerle la inyección—. Solo sentirás un pequeño pinchazo, nada más. Mañana te sentirás mucho mejor. Ya lo verás —miró a Rob y vio la duda en sus ojos—. Se pondrá bien —dijo obstinadamente, y cerró los ojos cuando él clavó la aguja en cuello del animal. Notó que el caballo se estremecía, y lo agarró con fuerza—. Se pondrá bien —repitió—. Tiene que hacerlo.

—¿Estás seguro de que podemos dejarlo solo?

Rob tiró de Rebecca para que lo acompañara.

—Sí, estoy seguro.

—¿Pero y si necesita algo? —insistió ella, mirando hacia el establo.

Dando un suspiro exasperado, Rob se detuvo en la terraza y se giró para mirar a Rebecca. La agarró por los hombros y se inclinó hasta que su cara quedó al nivel de la de ella.

—Mira —dijo, haciendo acopio de paciencia—, le hemos dado antibióticos, comida, agua y un lecho de heno fresco para que duerma. No podemos hacer nada más. El resto es cosa suya.

—Pero...

Él le apretó los hombros, forzándola a sentarse en una de las sillas que circundaban la mesa de la terraza. Se agachó, apoyando las manos sobre las rodillas, y la miró fijamente a los ojos.

–Tú puedes quedarte aquí y vigilar el establo si eso te hace feliz, pero yo voy a entrar a preparar algo de comer. No sé tú, pero yo no he cenado y estoy muerto de hambre.

Ella miró con preocupación hacia el establo y alzó la mano para señalar hacia la casa.

–Yo no quiero comer nada. Prepara algo para ti, si quieres. Yo me quedaré aquí para vigilar.

Sacudiendo la cabeza de mala gana, Rob entró en la casa. Regresó unos minutos después con dos botellas de cerveza en una mano y una bandeja en la otra. Puso la bandeja sobre la mesa y luego abrió una de las botellas y la puso delante de Rebecca.

–¿Tienes sed?

Ella miró la botella con desgana.

–No, gracias.

Él entrecerró los ojos y la tomó de la mano, forzándola a agarrar la botella.

–Bebe –le ordenó.

Ella obedeció, pero Rob comprendió que no era consciente de lo que hacía. Tenía la atención fija en el establo.

Rob se dejó caer en una silla, junto a ella.

–¿Tienes hambre?

–No.

Él tomó un pedacito de melón de los que había sobre la bandeja, se lo metió en la boca y se echó hacia atrás para observarla. Rebecca estaba tan absorta mirando el establo, que ni siquiera parecía consciente de su presencia. Para probar su teoría, dijo:

–Me encantaría llevarte a la cama.

Ella respondió con un distraído.

–Mmm-hmm.

Rob se echó a reír y tomó otro pedazo de melón. Se inclinó hacia ella y lo acercó a sus labios. Ella abrió la boca sin mirarlo siquiera y se tragó el pedazo de fruta.

Rob se recostó en la silla y observó los lentos movimientos de su mandíbula mientras masticaba, preguntándose por qué aquel acto tan simple le parecía tan excitante. Cuanto más la miraba, más deseaba que su «mmm-hmm» hubiera sido una respuesta afirmativa, dada en pleno dominio de sus facultades mentales. En ese momento, nada le apetecía más que llevársela a la cama y hacerle el amor durante seis horas seguidas.

—¿Rebecca? —al ver que ella no respondía, alzó la voz—. Rebecca.

Ella giró la cabeza y fijó la vista en él lentamente, como si saliera de un trance.

—¿Sí?

Frunciendo el ceño, él bebió un trago de cerveza y señaló la bandeja.

—Come algo.

Ella volvió a mirar hacia el establo.

—No, gracias. No tengo hambre.

Dando un suspiro, Rob tomó otro pedazo de melón y se lo metió en la boca. Al saborear el dulce jugo de la fruta, se felicitó para sus adentros por haberse parado en el huerto de la casa de al lado de camino a casa, y dio por bien gastados los cincuenta dólares que le había dado al hijo del vecino por el melón. Él no se moriría de hambre, y la madre del chico podría invertir ese dinero en las facturas médicas de su marido. Un trato justo, en su opinión.

Mientras se felicitaba por haberse parado a comprar el melón, Rebecca miró su reloj. Al oír un relincho, volvió a mirar hacia el establo. En el interior en penumbra se adivinaban uno, dos, tres, ¿cuatro caballos? Sabía que había más, pues recordaba haber visto una nutrida manada el primer día que visitó la casa. Aunque no los había visto de cerca, le había parecido que no estaban en un estado tan calamitoso como el que acababan de dejar en el establo.

¿Por qué habría comprado Rob un caballo que estaba al borde de la muerte?, se preguntó, volviéndose hacia él.

–¿Por qué trajo el caballo aquí ese hombre?

La mano de Rob se quedó helada a unos centímetros de su boca. Se obligó a meterse el pedazo de melón en la boca, masticó y se lo tragó con un sorbo de cerveza, confiando en que ella no insistiera en que le contestara.

–¿Por qué? –repitió ella.

Intentando ganar tiempo, Rob se frotó las manos sobre los muslos para quitarse el jugo del melón y procuró encontrar una excusa razonable. Como no se le ocurrió ninguna, contestó vagamente:

–Me trae caballos de vez en cuando.

Ella se giró en la silla y lo miró fijamente.

–¿Pero por qué? Ese caballo está viejo y enfermo. ¿Para qué quieres un animal en esas condiciones, si puedes comprarte uno sano?

Irritado por su insistencia, Rob se puso en pie y se acercó al borde de la terraza. Bebió un trago de cerveza y luego señaló hacia el establo.

–¿Por qué no? –contestó despreocupadamente–. Todos tenemos alguna excentricidad. La mía es que me gustan los caballos viejos.

Rebecca se levantó lentamente y cruzó la terraza para ponerse a su lado. Miró hacia el establo, intentando juntar las piezas de aquel rompecabezas. Levantó la mirada hacia él y lo miró con incredulidad, entrecerrando los ojos.

–¿A cuántos caballos como ese has recogido?

Él se encogió de hombros, sin mirarla.

–No sé. A un par, tal vez.

–Ya, a un par –repitió ella, preguntándose en qué condiciones habrían llegado al rancho los caballos de la manada que había visto. Al mirar el duro perfil de Rob, comprendió, emocionada, que no se había equivocado respecto él. Rob Cole tenía un corazón tierno.

–Eres muy generoso –dijo, mirando de nuevo hacia el establo.

Él dio un soplido exasperado y bebió otro sorbo de cerveza.

–Soy muchas cosas, pero desde luego no creo que pueda decirse que soy generoso.

–Eso es lo que tú crees.

–Es lo que cree todo el mundo. Pregunta por la ciudad. Todos te dirán lo mismo. Los Cole son una raza de hombres mezquinos.

–Solo porque tú quieres que lo piensen.

Él la miró con el semblante crispado y los ojos oscurecidos por la furia.

–¿Qué sabes tú? ¿Cuánto llevas en Royal? ¿Seis meses?

Para su sorpresa, ella no pareció amedrentarse.

–Sí. Pero, aunque llevara seis años, seguiría pensando lo mismo.

–No lo pensarías si hubieras conocido a mi padre.

–No hace falta que conozca al padre para conocer al hijo. Sois dos personas enteramente distintas.

–La sangre es la misma –replicó él con amargura–. Y la sangre de los Cole es mezquina.

–Yo sé lo que es ser mezquino –dijo ella en voz tan baja que a él le costó oírla–. Y tú no lo eres.

La sinceridad de su voz, la confianza que Rob vio en sus ojos, casi le hicieron creer que lo que decía era cierto, que no había heredado la mezquindad de su padre.

Pero entonces cerró el puño, sintió la fuerza de su mano, el poder, la rabia que latía en las venas de su brazo. Recordó la satisfacción que había sentido al golpear la cara de su padre. El placer que había experimentado cuando oyó el crujido de sus huesos. La falta de emoción cuando finalmente los separaron, y vio que tenías las manos manchadas con la sangre de su padre.

Frunciendo el ceño, se apartó de Rebecca.

–Puedes pensar lo que quieras –dijo por encima

del hombro mientras se dirigía hacia la casa–. Yo me voy a dormir.

Rob se despertó lentamente, con la lengua pastosa y la boca seca como esparto. La cabeza le martilleaba como si tuviera una banda de percusión dentro del cráneo. Gimiendo, salió de la cama y entró tambaleándose en el cuarto de baño. Metió la cabeza bajo el grifo de la ducha y después se metió entero bajo el chorro.

Apretó los dientes al sentir el golpe del agua fría sobre el pecho, luego apoyó una mano en la pared y echó la cabeza hacia delante. Permaneció así cinco largos minutos, dejando que el aguijoneo del chorro lo mortificara, confiando en que le despejaría la cabeza. Al ver que aquello no daba resultado, se incorporó y dejó que el agua lo golpeara de lleno en la cara.

Aquello sí surtió efecto. Al cabo de unos minutos estaba sobrio como una roca. O, al menos, más sobrio que cuando se metió en la cama, unas horas antes.

Al recordar la razón que lo había mantenido en pie casi toda la noche, bebiendo sin parar, cerró el grifo con rabia. Se pasó las manos por el pelo empapado y salió de la ducha salpicando gotas de agua por todo el cuarto de baño.

Rebecca se equivocaba, se dijo. Él no era generoso. Era mezquino. Igual que su padre. Aunque él había aprendido a refrenar su mezquindad, sabía que estaba dentro de él. Vivía con el miedo de que siguiera agazapada bajo la superficie, esperando para salir a la luz.

A pesar de que se encontraba sobrio, mientras se vestía seguía de mal humor. Y cuando salió para echarle un vistazo al caballo que Fegan le había llevado el día anterior, ni siquiera notó el resplandor del sol. La negrura de su alma lo ensombrecía todo.

Una vez dentro del establo, agarró automáticamente el cubo que colgaba de la pared. Se detuvo delante de un saco de avena para llenar el cubo y luego se acercó a la cuadra. Mientras miraba al caballo para ver si había experimentado alguna mejoría, abrió la puerta y entró.

–Hola, pequeño –musitó, dejando que el caballo metiera el hocico–. Esta mañana tienes mejor aspecto.

Notó que algo se movía a su lado y, al darse la vuelta, vio que Rebecca estaba tumbada en el suelo de la cuadra, apoyada sobre los codos. Tenía briznas de heno en el pelo y en la camisa, y una vieja manta de montar sobre las piernas.

Ella lo miró medio dormida.

–¿Qué hora es?

Rob la miró asombrado. La aspereza matutina de su voz le produjo un nudo en el estómago y una tensión en todo su cuerpo.

Ajena a su turbación, ella apartó la manta y se levantó.

–Aaaaah –gimió, desperezándose–. Estoy agarrotada –dejó escapar un sonido gutural, ronroneante, y alzó los brazos hacia el techo, estirando los músculos entumecidos.

Rob deslizó la mirada hacia sus pechos, que presionaban, tensos, contra los botones de la arrugada camisa de algodón. Más abajo, vio su ombligo en el hueco que, al estirarse, se había abierto entre la camisa y los pantalones. La tensión de su cuerpo se intensificó.

Ella bajó los brazos, los sacudió un momento y, tras echar un vistazo al reloj, miró a Rob con sorpresa.

–No tenía ni idea de que fuera tan tarde. El caballo está bien, ¿verdad? –preguntó, viendo la mirada atónita de Rob.

Este abrió la boca para responder, pero de su garganta paralizada no salió ningún sonido.

Rebecca arrugó el ceño, preocupada, y, acercándose al caballo, le puso una mano sobre la testuz, como si quisiera tomarle la temperatura. Luego miró de nuevo a Rob.

–Está bien, ¿verdad?

–Sí –dijo él, y se aclaró la garganta, aliviado por haber recuperado la voz–. Está mucho mejor.

Ella esbozó una sonrisa deslumbrante que ahuyentó la negrura que amenazaba con sumir de nuevo el alma de Rob entre las sombras.

–Bien –ella se agachó y recogió la manta con la que se había tapado–. Llevaré esto al cuarto de aparejos, y luego me iré.

Rob la miró, sintiendo una pesadumbre en el corazón al pensar que iba a marcharse. La noche anterior habría dado dinero por que se fuera, pero, en ese momento...

–¡Espera!

Ella se detuvo y lo miró con curiosidad.

Rob intentó encontrar una excusa para retrasar su partida. De pronto, comprendió que tenía una allí, a su lado. Procuró recuperar la compostura y puso una mano sobre el lomo escuálido del caballo.

–Podrías ayudarme a ponerle otra inyección. Si tienes tiempo, claro.

Ella dejó la manta sobre la puerta de la cuadra.

–Claro. No iba a irme enseguida, de todos modos. Ya que estoy aquí, había pensado acabar los parterres, antes de irme a casa.

–Buena idea –dijo él, y le ofreció una de sus raras sonrisas–. Como es domingo, tengo el día libre. Así podré echarte una mano.

Rebecca estaba arrodillada sobre las frescas baldosas del suelo, junto a la suave curva que describía el camino, cubriendo cuidadosamente de tierra las raíces de la mata de lavanda que acababa de colocar en un hoyo. Mientras trabajaba, el sol le calentaba suavemente la espalda, los pájaros cantaban en lo alto de los árboles y el olor de la lavanda llenaba el aire.

Rebecca no recordaba haberse sentido nunca tan contenta, tan relajada.

Lo cual era extraño, pensó, mirando a Rob, que estaba al otro lado del camino, removiendo la tierra de un parterre con una azada. Vestido con unas botas viejas, unos vaqueros descoloridos y una camisa cuyos faldones agitaba la suave brisa, parecía un temporero errante. El sudor le resbalaba por el cuello, mojando su camisa. La gorra que llevaba tenía alrededor un cerco oscuro de sudor, y el pelo se le rizaba en ondas húmedas sobre la nuca. El polvo acentuaba las líneas de su cara y un tiznón de tierra cruzaba su mejilla, allí donde se había pasado el dorso de la mano para limpiarse el sudor.

Rebecca pensó que no había un hombre más guapo en todo el mundo.

Rob levantó la vista y, al ver que lo estaba mirando, levantó una ceja inquisitivamente.

—¿Te apetece descansar un rato?

Ella sonrió y sacudió la cabeza.

—Solo si tú quieres.

Él clavó la azada en la tierra y se quitó la gorra. Dando un suspiro, se pasó el brazo por la frente.

—Me vendría bien beber algo fresco. Estoy muerto de sed.

Ella se puso en pie, sonriendo.

—¿Qué te parece si hago un poco de té?

Rob volvió a ponerse la gorra, calándosela bien sobre los ojos.

—Estupendo.

Entraron juntos en la casa por la puerta de la cocina. Mientras él buscaba unas bolsitas de té en la despensa, Rebecca se lavó las manos y puso la tetera al fuego.

Rob puso una caja de bolsitas de té sobre la encimera y sacó una jarra. Luego se acercó al fregadero, abrió el grifo y metió la cabeza bajo el chorro. Se incorporó lanzando un gruñido de placer y sacudiendo la cabeza como un perro.

Rebecca reprimió una sonrisa.

—No hace falta que me ayudes. De veras, no espero que lo hagas.

Él tomó un paño de cocina y se lo pasó por la cara y por la cabeza mientras se acercaba a la mesa.

—Lo sé. Pero me gusta hacer un poco de trabajo físico de vez en cuando —se dejó caer en una silla y echó la cabeza hacia atrás, cerrando los ojos.

Ella puso las bolsitas de té en el agua y se sentó a su lado.

—Lo que has hecho esta mañana ha sido algo más que un poco de trabajo físico —le recordó.

Él alzó la cabeza y abrió un ojo para mirarla.

—¿Me has oído quejarme?

Ella se echó a reír.

—No, pero pareces agotado.

Frunciendo el ceño, él cerró el ojo y volvió a echar la cabeza hacia atrás.

—Ya. Y tú estás tan fresca que ahora mismo podrías correr una maratón.

Rebecca bajó la mirada y vio su camisa arrugada y sus pantalones manchados de tierra.

—Parece que hubiera dormido con la ropa puesta. Lo cual es cierto —añadió, riendo.

Él alzó la cabeza para mirarla otra vez. Con los dos ojos, esta vez.

—¿Por qué dormiste en el establo, por cierto?

Ella se encogió de hombros tímidamente.

—No quería dejar solo al caballo. Aunque, de todos modos, no habría sabido qué hacer si se hubiera puesto peor —añadió.

—Le diste justo lo que necesitaba. Atención —dijo él—. Eso es lo que le pasa. Que le falta atención.

Recordando el estado de malnutrición y debilidad del caballo, ella cruzó los brazos sobre la mesa y se inclinó hacia él.

—¿Qué le ha pasado? ¿De dónde viene?

Rob se irguió y tomó el paño de cocina para secarse la cara.

—No sé de dónde viene. Fegan los encuentra y me

los trae. En cuanto a lo que le haya ocurrido, solo puedo imaginármelo.

–¿Y qué imaginas? –preguntó ella.

Él alzó un hombro y agarró el paño con las dos manos. Al ver un hilo suelto, tiró de él.

–A veces, cuando un caballo se hace viejo y ya no puede trabajar, el dueño deja de alimentarlo, deja que el animal busque alimento por su cuenta. En ocasiones, el animal es maltratado físicamente por una razón o por otra.

–¿Pero por qué iba a querer alguien maltratar a un animal que ha comprado? ¿Por qué no se lo vende a alguien que se ocupe de él como es debido?

Él levantó la vista y la miró con sorna.

–Sencillamente, porque algunas personas son malvadas. Atan a un caballo para que no pueda defenderse y lo golpean solo por diversión. A veces usan látigos, o un trozo de alambre de espino, o una estaca –volvió a bajar la mirada hacia el paño y, frunciendo el ceño, musitó–. A veces usan sus propias manos.

Rebecca tragó saliva. Ella conocía el dolor que podían infligir las manos de un hombre.

–Y tú los compras –dijo suavemente–. Les das de comer, cuidas de ellos y les das un hogar.

Él se puso de pie bruscamente.

–Ya te dije que me gustan los caballos viejos.

Rebecca lo observó mientras se acercaba a la nevera y abría la puerta. No era solamente un capricho lo que lo impulsaba a comprar caballos enfermos y maltratados, se dijo. ¿Pero qué era?, se preguntó. ¿Qué lo llevaba a hacer algo tan generoso, cuando evidentemente no ganaba nada con ello?

Comprendiendo que no quería que le hiciera más preguntas sobre aquel asunto, Rebecca se levantó para acabar de preparar el té.

–¿Te importa sacar el hielo? –preguntó, confiando en apartarlo de la nevera, donde él parecía haberse escondido–. El té ya está listo.

Capítulo Seis

–¿Conoces bien a Rob?

Andrea, que estaba apoyada sobre el mostrador mirando a Rebecca decorar una cesta, alzó una ceja y le pasó a su amiga un pequeño tiesto con una hiedra.

–Tan bien como cualquiera, supongo. ¿Por qué?

Rebecca titubeó. No quería poner a Andrea en un brete preguntándole sobre la vida privada de Rob.

–No, por nada –dijo mientras colocaba el tiesto entre los que ya había puesto en la cesta–. Es que, cuando estuve en su casa este fin de semana, un hombre le llevó un caballo viejo y enfermo. Le dije a Rob que me parecía muy generoso de su parte que le diera un hogar al caballo, y se enfadó. Lo cierto es que me dijo que él no era generoso, sino mezquino, y que la mezquindad era propia de su familia –al ver que Andrea no respondía inmediatamente, Rebecca levantó al vista. Observando la expresión ceñuda de su amiga, hizo un gesto con la mano para restarle importancia a su pregunta–. No importa. No es asunto mío. Es que me pareció raro que dijera una cosa así.

–Sí, tal vez resulte raro –dijo Andrea con sorna–, pero es la verdad. Al menos, en lo que respecta a su familia. Rob es la excepción, aunque se empeñe en hacer creer lo contrario a todo el mundo. Su padre, en cambio...

Rebecca le hizo una seña para que le pasara otra planta.

–¿Qué? –preguntó con curiosidad.

Andrea eligió una planta de entre las que quedaban y se la pasó a Rebecca.

–Era mezquino hasta la médula. Y cruel, por lo que he oído. Criaba caballos de carreras –se estremeció–. He oído historias sobre ese hombre que te pondrían los pelos de punta.

Rebecca apartó la cesta y fijó toda su atención en Andrea.

–Cuéntame.

–Bueno, todo esto son cosas que he oído contar –le recordó Andrea–. No sé si son ciertas. Aunque, por el número de incidentes, yo diría que algo de verdad debe de haber en ellas. Cuando el río suena, agua lleva –añadió sagazmente.

–Continúa –insistió Rebecca.

–Una vez, por ejemplo, un veterinario de la ciudad tuvo que ir a su casa a atender a un caballo herido. Cuando volvió a la ciudad, estaba furioso. Según dijo, uno de los jockeys del rancho intentaba hacer entrar a un caballo por la puerta de salida de la pista para hacer una carrera de entrenamiento, y el caballo se encabritó. El padre de Rob, que estaba observándolo todo desde la barandilla de la pista, empezó a gritar. Siempre llevaba consigo un látigo. Algunos dicen que hasta dormía con él. En cualquier caso, al ver que el caballo se negaba a entrar por la puerta, saltó la valla, tiró al jockey y la emprendió a latigazos con el animal. El veterinario dijo que no había visto algo tan espantoso en toda su vida. Hizo lo que pudo, pero, según contó, el animal quedó medio muerto y nunca podría volver a correr. Después de eso, se negó a volver a atender al ganado del señor Cole. Hubo otro incidente –continuó–. Un caballo murió en el rancho. Un potro purasangre que valía su peso en oro. En esa época, el padre de Rob estaba endeudado hasta el cuello, y se rumoreó que mató al caballo para cobrar el dinero del seguro.

–¿Y lo hizo?

Andrea se encogió de hombros.

–Nadie lo sabe con seguridad. Supuestamente, el

93

caballo se volvió loco una noche de tormenta y echó abajo a coces la puerta de la cuadra. Se hizo un corte en la pata con una argolla de hierro de la puerta, y se desangró hasta morir antes de que se dieran cuenta de lo que había pasado.

–Pero eso es posible, ¿no? –preguntó Rebecca–. Quiero decir que un caballo puede morirse de una herida así.

–Tal vez –dijo Andrea–. Pero a ese caballo en particular nunca le habían dado miedo las tormentas, ni había dado coces a la puerta. O, al menos, eso fue lo que dijo el mozo que lo cuidaba.

–¿Y el testimonio del mozo no bastó para que la compañía de seguros hiciera una investigación? Seguramente no habrían pagado la indemnización si hubieran sospechado que se trataba de un fraude.

–Seguramente no. Pero el mozo desapareció antes de que pudieran interrogarlo. El padre de Rob dijo que había huido a México porque tenía miedo de que lo culparan de la muerte del caballo.

–¿Y fue así? –preguntó Rebecca, percibiendo un tono de duda en la voz de Andrea.

–Tal vez. ¿Quién sabe? Pero algunos sospechaban que el padre de Rob lo mató para impedir que hablara.

Rebecca se puso una mano sobre el estómago, sintiendo un nudo.

–No puede ser.

Andrea se encogió de hombros

–Ya te he dicho que no sé si es verdad. Solo te digo lo que he oído contar por ahí.

Asombrada, Rebecca volvió a colocar la cesta frente a sí y puso distraídamente un montoncillo de musgo alrededor de la base de las plantas para que no se vieran los tiestos.

–¿Y Rob? –preguntó, inquieta–. ¿Cómo encaja él en todo eso?

–De ninguna manera. Él era muy niño cuando sucedieron esas cosas.

–¿Y su padre? –preguntó Rebecca–. ¿Qué fue de él? ¿Sigue criando caballos?

Andrea se levantó.

–Creo que eso deberías preguntárselo a Rob. Ya te he dicho más de lo que debería –se dio la vuelta para marcharse, pero se detuvo y miró a Rebecca–. Pero te diré una cosa. El padre de Rob no era culpable solamente de maltratar a sus caballos.

Rebecca no consiguió quitarse de la cabeza el comentario de Andrea. No dejó de darle vueltas durante todo el día, preguntándose qué habría querido decir su amiga con que el padre de Rob no era solamente culpable de maltratar a sus caballos. Y todavía seguía pensando en ello cuando, esa tarde, después de cerrar la tienda, se dirigió al rancho de Rob.

En lugar de detenerse en la casa, como hacía siempre, se fue directamente al establo para ver cómo estaba el caballo antes de empezar a trabajar.

Recogiendo la bolsa de zanahorias que había llevado con ella, bajó de la furgoneta y entró en el establo.

–Hola, pequeño –dijo suavemente al acercarse a la cuadra–. ¿Qué tal te encuentras hoy? –el caballo estiró el cuello por encima de la puerta de la cuadra y acercó el hocico a la bolsa de zanahorias. Riendo, Rebecca la abrió y sacó una zanahoria–. En fin, ya veo que el sentido del olfato lo tienes perfectamente –le ofreció la zanahoria y dio un salto hacia atrás, lazando un gritito, cuando el animal estuvo a punto de tragarse también uno de sus dedos.

–¿Te ha mordido?

Rebecca se dio la vuelta y vio que Rob había entrado en el establo y se dirigía hacia ella, con los puños apretados junto a los costados y el ceño fruncido. Rebecca recordó de nuevo las historias que Andrea le había contado sobre la crueldad de su padre.

–No –dijo rápidamente–. Solo me ha rozado con los dientes. Me ha asustado, pero no me ha hecho daño.

Él la tomó de la mano y le extendió los dedos para inspeccionárselos. Al ver que no estaba herida, la soltó.

–No, no tienes nada.

Rebecca cerró los dedos, sintiendo un escalofrío.

–No, nada –¿pero y él?, pensó. ¿Por qué estaba tan malhumorado? Reuniendo coraje, dio una paso hacia él–. ¿Te pasa algo?

Él la miró un instante.

–No. ¿Por qué?

–Pareces... no sé. Enfadado.

Él le quitó la bolsa de zanahorias.

–Estoy molesto –dijo secamente–, no enfadado.

–¿Por qué?

Rob sacó una zanahoria de la bolsa y arrugó el ceño.

–Por Sebastian Wescott. Se suponía que hoy iba a buscar el ordenador de Eric para que le echara un vistazo, pero no ha aparecido por la oficina. Y tampoco contesta al teléfono.

–¿Crees que le habrá pasado algo? –preguntó ella, pensando en lo que le había ocurrido a Eric.

Rob sacudió la cabeza.

–Sebastian sabe cuidar de sí mismo. Y también sabe cómo esconderse –añadió con fastidio, y volvió a sacudir la cabeza–. Seguro que está bien –dijo, y compuso una tensa sonrisa–. Saldrá a la luz cuando esté listo –como no tenía ganas de pensar en qué clase de líos estaría metido su amigo, sobre todo teniendo en cuenta que no podía hacer nada por ayudarlo mientras no diera señales de vida, Rob alzó la zanahoria–. Mira, así se da de comer a un caballo –le hizo una demostración poniendo la zanahoria sobre la palma abierta de su mano y ofreciéndosela al caballo.

–Ah, ya veo –Rebecca imitó sus movimientos, extendiendo la mano abierta hacia el caballo. Soltó una risita al sentir las cosquillas que el aterciopelado hocico del animal le hacía en la piel.

—Hace cosquillas, ¿verdad? —sonriendo, él se apoyó contra la puerta y acarició al caballo entre las orejas—. Hoy tiene mucho mejor aspecto.

—Sí —dijo Rebecca, aliviada al ver que parecía de mejor humor. Cuando Rob sonreía, parecía más accesible, menos amenazador. Rebecca vació la bolsa en el comedero de la cuadra y luego apoyó los brazos sobre la puerta, al lado de Rob, y los dos miraron al animal comerse las zanahorias.

Rob señaló al caballo con la cabeza.

—Parece que su apetito ha mejorado. Y también tiene los ojos menos turbios. Dentro de uno o dos días podrá salir a los pastos, con los demás.

Como si estuviera escuchando la conversación, uno de los caballos que pastaban en la pradera vecina lanzó un relincho. Al oírlo, el caballo de la cuadra alzó la cabeza y también relinchó.

Rebecca se echó a reír.

—Creo que le encantará. Estoy segura de que aquí se siente muy solo.

—Puedes pasar la noche aquí y hacerle compañía hasta que esté listo para salir, si quieres.

Ella lo miró, sorprendida por su sugerencia, y se echó a reír al ver la expresión divertida de sus ojos.

—No creo que mi espalda soportara otra noche en el suelo de la cuadra.

Él le pasó un brazo por los hombros y la apartó de la puerta.

—Podrías traerte una cama —le sugirió—. Aunque tal vez el caballo querría compartirla contigo —le advirtió—. Yo querría, desde luego.

Rebecca se detuvo y lo miró fijamente. No sabía si había oído bien. Pero el súbito rubor que cubrió la cara de Rob la convenció de que no se había equivocado.

Rob le quitó el brazo de encima de los hombros.

—Lo siento —masculló—. Se me ha escapado.

Rebecca no supo qué responder. Apartó la mirada y echó a andar otra vez, preguntándose por qué demonios se le habría escapado un comentario como aquel. ¿De veras querría compartir la cama con ella? Oh, cielos, pensó, y notó que el corazón se le aceleraba solo de pensarlo.

Él se quedó rezagado y se maldijo para sus adentros por haber dicho aquello sabiendo que Rebecca sufría algún tipo de trauma que tenía que ver con el sexo. ¿No lo había visto con sus propios ojos la noche que la besó?

Echó a correr para alcanzarla.

—Rebecca —la tomó por el brazo y ella se detuvo—. Lo siento. Lo que he dicho estaba completamente fuera de lugar.

—N-no. No pasa nada. Es que he pensado que... —se apretó las manos contra las mejillas—. Oh, no sé lo que he pensado.

¿Estaba avergonzada?, pensó él, viendo el rubor que cubría su cara. ¿O excitada? Decidió probar suerte, por si era esto último. Le apartó las manos de las mejillas y bajó la cabeza para mirarla a los ojos.

—He dicho que estaba fuera de lugar. Y es cierto. Así es. Pero lo que te he dicho es verdad. Me encantaría compartir una cama contigo. Solo lamento que te hayas sentido ofendida, o avergonzada.

Ella sacudió la cabeza.

—No, nada de eso.

Rob sonrió, convencido de que mentía.

—Bien —le soltó las manos y le acarició lentamente los brazos—. Entre nosotros hay algo, Rebecca. Lo siento cada vez que te toco —ella se estremeció y él alzó una ceja—. Tú también lo sientes, ¿verdad?

Rebecca vaciló.

—Yo... no estoy segura de qué quieres decir.

—Ya sabes, ese cosquilleo, ese golpe de adrenalina

–le pasó las manos por los hombros y luego le acarició con los pulgares la delicada línea de la clavícula–. Lo noto incluso ahora. ¿Tú no?

–S-sí. Yo también.

–¿Y no te asusta?

–No. La verdad es que no.

Él se acercó un poco más y deslizó las manos por su espalda.

–Pues a mí sí.

Ella lo miró asombrada.

Rob se echó a reír.

–¿Te sorprende?

–Bueno... sí. Me sorprende.

Él la enlazó por la cintura y la atrajo hacia sí hasta que quedaron unidos.

–Pues me asusta. Pero solo porque quiero hacer el amor contigo y no sé si estás preparada para dar ese paso –al ver que ella no respondía, la besó ligeramente en los labios–. ¿Lo estás, Rebecca? –preguntó con suavidad–. ¿Estás preparada para compartir la cama conmigo? Si es así, me gustaría hacerte el amor. Empezaría por besarte aquí –se echó un poco hacia atrás y puso un dedo sobre los labios de Rebecca. Mirándola fijamente, escudriñando su reacción, deslizó lentamente el dedo por su barbilla y por su garganta–. Y aquí.

Rebecca sintió un escalofrío cuando él puso el dedo sobre el hueco de la base de su garganta. Sentía la trepidación de su propio pulso, y estaba segura de que Rob también la sentía. Pero, antes de que pudiera calmarse, antes de que pudiera refrenar sus emociones, él deslizó el dedo hasta el valle entre sus pechos. Rebecca sintió que le ardía la piel allí donde él la estaba tocando, y que sus pechos se tensaban, anhelando sus caricias.

Rob inclinó la cabeza hacia ella.

–Haríamos el amor durante horas y horas –dijo con voz suave–. Hasta que uno de los dos suplicara piedad.

La besó suavemente en la boca, y Rebecca notó en sus labios el sabor de un vino fuerte. Embriagada por el beso, le rodeó el cuello con los brazos y lo atrajo hacia sí. Rob la besó con más ansia, y Rebecca se apretó contra él, deseando que liberara el deseo que palpitaba en su interior.

Él deslizó las manos entre sus cuerpos unidos y las abrió sobre sus pechos. Rebecca sintió que un ardiente dardo de deseo asaeteaba el núcleo de su ser, dejándola débil y temblorosa. Deseando que siguiera acariciándola, crispó los dedos sobre el pelo de Rob y abrió los labios.

Él deslizó la lengua dentro de su boca. Al sentir el afrodisíaco roce de su lengua, una neblina ofuscó la mente de Rebecca. Un gemido de deseo surgió de sus entrañas y se abrió camino hasta sus labios.

–Vamos a casa –musitó él y, agachándose, la alzó en volandas–. Quiero tenerte en mi cama.

Rebecca enterró la cara contra su cuello y se aferró a él. Mientras la llevaba hacia la casa, ella pedía al cielo ser capaz de seguir adelante. Nunca había deseado nada, ni a nadie, tanto como deseaba a Rob en ese instante.

Cuando llegaron a la habitación, él la depositó sobre la cama y se tendió junto a ella, besándola otra vez. Rebecca abrió la boca y Rob se tumbó sobre ella y, dejando escapar un gruñido de placer, le hundió la lengua en la boca.

El peso de Rob aumentó las sensaciones que se agitaban dentro de ella. La presión del muslo de Rob contra su pubis era el placer más exquisito que había conocido nunca. Y, cuando él dejó de besarla y alzó la cabeza, el deseo que vio en sus ojos le llegó al fondo del alma.

Rob la miró fijamente mientras le desabrochaba la camisa.

–Horas –dijo con la voz enronquecida–. Voy a hacerte el amor horas y horas –le abrió la camisa, suspiró y luego le abrió el cierre frontal del sujetador con una habilidad por la que ella se preguntaría más tarde–. Días enteros –gruñó al descubrir sus pechos e inclinar la cabeza sobre ellos.

Rebecca lanzó un suspiro al sentir los labios de Rob sobre su carne, y contuvo el aliento al notar que empezaba a lamerle la punta de un pezón; luego dejó escapar un gemido bajo y gutural cuando él abrió la boca y le chupó el pezón entero. Al notar el calor de su aliento, sintió que sus nervios se estremecían. El roce de su lengua sobre el pezón la enloquecía.

Pero fue sobre todo la avidez con que él le lamía los pechos lo que le hizo recordar el placer de hacer el amor con un hombre, el gozo, la intensa satisfacción que producía dar y recibir placer.

Lo empujó suavemente para apartarlo.

–Quiero tocarte –dijo, y le hizo tumbarse de espaldas. Poniéndose de rodillas a su lado, empezó a desabrocharle la camisa–. Quiero sentir el calor de tu piel –Rob se desabrochó los vaqueros y se los bajó, junto con los calzoncillos. Ella le abrió la camisa y se quedó en suspenso un instante, contemplando la belleza de su piel bronceada y la fuerza de los músculos que se adivinaban bajo ella.

Dando un gemido de placer, puso las manos sobre su pecho, hechizada por la suave textura de su piel. Abrió los dedos como si quisiera medir su anchura, y al acariciarle los pezones notó la vibración de sus músculos.

Embriagada por la facilidad con que parecía excitarlo, se montó a horcajadas sobre él y se inclinó para besarlo en la boca. Pero se retiró cuando Rob intentó tomar posesión del beso y alzarle las caderas. A pesar de que deseaba sentirlo dentro de sí, necesitaba más tiempo. Tiempo para conocerlo. Tiempo para acostumbrarse a él. A su cuerpo. Tiempo para asegurarse de que podía seguir adelante.

–No –le dijo, y se echó ligeramente hacia atrás, rozándole los muslos con las rodillas–. Primero quiero acariciarte.

Rob intentó detenerla. Alzó una mano para apartarla. Pero entonces ella pasó la lengua por la punta de su sexo, y él dejó caer los brazos flojamente, despojados de sus fuerzas. Ella le lamió, trazando lentos círculos con la lengua, y Rob se tensó como un arco, aferrándose a las sábanas.

La agresividad de Rebecca lo dejó asombrado. ¿Era aquella la misma mujer que se había puesto histérica solo por un beso?, se preguntó. Pero entonces ella abrió la boca y engulló su sexo. Rob sintió su boca como un guante húmedo y cálido que ceñía su miembro, y perdió la capacidad de pensar y la noción del tiempo. Su mente se nubló de deseo y su cuerpo se convulsionó.

Aunque deseaba que aquel placer no acabara nunca, sabía que debía detenerla antes de que lo pusiera al límite de su aguante.

Incorporándose, la agarró por la cintura y la tumbó de espaldas. La besó en la boca con furia, silenciando sus protestas, y luego rodó con ella, colocándose sobre ella. Ciego de deseo, agarró la cinturilla de sus pantalones y tiró de ellos, arrancando el botón que los sujetaba. Luego se los quitó y los tiró al suelo. Después, poniéndose de rodillas a su lado, se quitó la camisa.

–Quiero poseerte –dijo con la voz áspera y los ojos en llamas–. Ahora mismo.

Entonces se tumbó sobre ella y volvió a apoderarse de su boca. Mientras la besaba, deslizaba las manos por todo su cuerpo, por su cara, por sus hombros, por sus costados, trazando el perfil de sus curvas, de su rasgos, enardeciéndola. Ella se retorció bajo él, suplicándole en silencio que aliviara el ardor que amenazaba con consumirla.

Sintiendo su ansia, él entrelazó sus dedos y le sujetó con fuerza las manos por encima de la cabeza mientras le hundía la lengua en la boca y frotaba su miembro contra el sexo de Rebecca.

Para esta, la pasión de Rob resultaba increíble. Inusitada. Embriagadora.

Y amenazante.

El pánico surgió dentro de ella tan repentinamente que la tomó por sorpresa. Un minuto antes estaba haciendo el amor con Rob. Al siguiente, era el cuerpo de Earl el que la cubría como un peso muerto; las manos de Earl las que sujetaban las suyas, impidiéndole moverse, mientras la obligaba a abrir la boca para él; la lengua de Earl la que se movía dentro de su boca, ahogándola; la rodilla de Earla la que presionaba entre las suyas, forzándola a abrir las piernas; el miembro de Earl el que se frotaba ferozmente contra su sexo.

Quiso gritarle que se detuviera, suplicarle que la soltara. Pero sabía que Earl ignoraría sus ruegos. Nunca antes la había escuchado. La violaría, abusaría de su cuerpo y de su mente, como había hecho tantas veces durante su matrimonio.

Pero ella no le permitiría que le robara el alma, se dijo. El alma era lo único que le quedaba.

Cerró los ojos a aquella humillación, a aquella vergüenza, y procuró deshacerse de la tensión que agarrotaba su cuerpo y su mente. No se resistiría, se dijo. Esa vez, no. Resistirse solo empeoraba las cosas, aumentaba la lujuria de Earl y el dolor que le infligía. No sentiría nada. Nada. Permanecería impasible a sus caricias, cerraría su mente a cualquier acto de degradación que le infligiera.

Rob sintió la transformación de Rebecca inmediatamente. Ella parecía haberse quedado inerme bajo él. Sus dedos se aflojaron entre los suyos. Sus labios no se movían. Su cuerpo parecía inerte. Como muerto.

Se retiró para mirarla y vio que tenía los ojos cerrados y la cara floja, como si estuviera dormida.

–¿Rebecca?

Vio que una lágrima afloraba a la comisura de uno de sus ojos y se deslizaba lentamente por su mejilla. Pero ella no se movió. No hizo ningún sonido.

Asustado por su estado casi comatoso, Rob la agarró por los hombros.

—¡Rebecca! ¿Qué te ocurre? —se le heló la sangre en las venas al ver que su cabeza se movía como si no tuviera vida—. ¡Maldita sea, Rebecca! —gritó, zarandeándola—. ¡Háblame! ¡Dime qué te pasa!

La soltó, jadeando, y abrió las manos para mirárselas, temiendo haberle hecho daño sin darse cuenta. Sintió una punzada de miedo en el estómago y volvió a mirarla... y entonces vio que ella se movía. Pero solo lo justo para ponerse de lado y flexionar las rodillas hasta la barbilla. Sus sollozos mudos, angustiosos, convulsionaban sus hombros.

Rob se quedó mirándola con el corazón acelerado y la carne de gallina. «¡Dios! ¿Qué ha pasado? ¿Qué le he hecho? ¿Qué...?»

No, se dijo, refrenando su miedo. Él no le había hecho nada. Aquello no era culpa suya, sino del pasado de Rebecca. Una marcha atrás en el tiempo, se dijo. Ella debía de haber experimentado una especie de retroceso hacia su pasado.

Consciente de que era crucial saber manejar la situación para que Rebecca superara cualquier atrocidad que hubiera sufrido, se tumbó de lado junto a ella, enroscándose sobre su cuerpo. Con movimientos lentos y suaves, posó un brazo sobre su cintura y apoyó la cabeza en la almohada, al lado de la de ella.

Estuvo abrazándola durante largo rato, aumentando gradualmente la presión del brazo sobre su cintura, hasta que la tuvo acurrucada contra su cuerpo. Ella temblaba como una hoja.

—¿Rebecca? —le susurró al oído—. Tranquilízate, nena. Todo va bien. Soy yo, Rob —añadió, queriendo asegurarse de que distinguía entre él y el hombre que le había inculcado aquel miedo—. Rob, ¿recuerdas?

Repitió las mismas palabras una y otra vez hasta que le dolió la garganta. No sabía si ella lo oía, pero no quería parar hasta que lo entendiera.

Su voz penetró lentamente la espesa niebla que cubría la mente de Rebecca y se abrió paso a través del escudo protector que ella parecía haber levantado a su alrededor. Una voz masculina. Acongojada. Ronca, pero tersa. Ella se fue relajando lentamente al sentir la ternura y la preocupación de aquella voz. Poco a poco tomó conciencia del cuerpo que permanecía acurrucado junto al suyo.

Y entonces recordó.

Rob.

Era el cuerpo de Rob el que la abrazaba. Los brazos de Rob los que la tenían sujeta. La voz de Rob la que le susurraba al oído. Sintió que la vergüenza la embargaba, y los ojos se le llenaron de lágrimas. Dos veces había intentado entregarse a él, y las dos había fracasado. Oh, Dios, pensó, desesperada. Qué humillante.

Tenía que levantarse, se dijo. Debía marcharse a casa. No soportaría ver su mirada de compasión o, peor aún, de repugnancia.

Empezó a apartarse muy despacio de él.

Rob sintió inmediatamente que intentaba desasirse, y la agarró por la cintura.

—¿Estás mejor? —preguntó suavemente.

—S-sí. Lo... lo siento.

Él notó por su voz que estaba llorando y se apoyó sobre un codo para mirarla.

—No tienes por qué disculparte.

Rebecca cerró los ojos con fuerza, como si no soportara mirarlo. ¿O quizá lo que no soportaba era que él la mirara? Rob vio que una lágrima se deslizaba por la comisura de uno de sus ojos y se deslizaba hasta su nariz.

—Eh —musitó, y la hizo girarse para abrazarla—. No llores. Todo va bien.

Ella sacudió la cabeza.

—Siento tanta vergüenza —sollozó.

Él se sentó en la cama y la apoyó sobre su regazo para acunarla.

—¿Por qué?

Ella se apartó de él, enfurecida.

—¡Por mí! —gritó, señalándose el pecho con un dedo; luego extendió un brazo para abarcar la cama, la situación en general—. ¡Por todo esto! Debes de pensar que estoy loca. Que soy un guiñapo.

Él la agarró antes de que pudiera saltar de la cama, y volvió a apretarla contra su costado.

—No —dijo, y le pasó el brazo por la cintura para abrazarla—. Yo no pienso nada de eso.

Incapaz de desasirse de su abrazo, Rebecca se inclinó hacia delante y enterró la cara entre las manos.

—Pues deberías —sollozó, desesperada—. Porque lo soy.

—No, no lo eres.

Ella alzó la cabeza bruscamente y lo miró con fijeza.

—¿Y tú qué sabes? Apenas me conoces.

—Te conozco lo suficiente como para saber que te han maltratado —ella palideció—. ¿Por qué no me hablas de él, Rebeca? —dijo suavemente—. Dime quién te hizo daño.

Rob vio que las lágrimas se deslizaban por sus párpados y rodaban lentamente por sus mejillas, hasta su garganta. Sintió su turbación, su vergüenza, y deseó desesperadamente librarla de aquella angustia.

Tomándola de las manos, dijo:

—Rebecca, yo quiero ayudarte.

Ella sacudió la cabeza.

—No puedes. Nadie puede.

—Sí puedo, si me dejas. Háblame. Dime qué te pasa. Si no quieres hablarme de tu pasado, cuéntame qué te ocurrió hace un momento. Por qué te quedaste helada en mis brazos.

Capítulo Siete

Rob esperó un segundo. Dos. Tres. Creía que Rebecca no iba a contestar. Y, cuando por fin lo hizo, fue con una voz tan baja que tuvo que aguzar el oído para entenderla.

–No siempre he sido así.

Parecía tan frágil, tan abatida, allí sentada, con la cabeza baja y los hombros caídos... Rob quiso decirle que lo olvidara, que no era necesario que le hablara de su pasado, que había sido un error preguntarle. Deseaba rodearla con sus brazos y acunarla hasta que aquellos terribles recuerdos se desvanecieran.

Pero antes de que pudiera hacerlo, ella apartó las manos.

–Antes disfrutaba con el sexo –dijo en voz baja. Abrió y cerró las manos sobre los muslos, mirándoselas fijamente, como si le sudaran–. Hace mucho tiempo. Entonces era bonito, excitante, una unión de dos cuerpos y dos mentes. Nunca doloroso. Nunca humillante. Nunca violento o feo. Pero eso fue antes de... antes de que él... –apretó los labios y sacudió la cabeza, y volvieron a empañársele los ojos–. Lo... lo siento... No puedo hablar de esto.

Él la agarró de las manos.

–No lo hagas, entonces. Olvida el pasado. Háblame del ahora. De lo que te ha ocurrido hace un momento.

Rebecca tragó saliva, conteniendo las lágrimas. Sabía que le debía al menos una explicación.

–Me... me entró el pánico. Como la otra vez, cuando me besaste. Porque me empujaste contra la pared.

Y, ahora, porque no podía moverme. Las dos veces pensé que... —cerró los puños bajo las manos de Rob—. Pensé que eras otra persona. Pensé que ibas a hacerme daño.

Una lágrima rodó por su mejilla y él se la quitó suavemente con los nudillos.

—Yo nunca te haría daño, Rebecca. Ya te lo dije.

Ella asintió con la cabeza.

—Lo sé —contestó con la voz enronquecida—. Lo sé. Pero a veces la cabeza me juega malas pasadas —sacudió la cabeza—. No sé cómo explicarlo. Pero algo que dispara mis recuerdos, y entonces creo que es él, que me tiene atrapada. Que va a hacerme daño otra vez.

—¿Quién, Rebecca? —preguntó él suavemente—. ¿Quién te hizo daño?

Ella alzó la cabeza. Le temblaban los labios y tenía los ojos arrasados en lágrimas.

—Earl, mi marido.

Rob sintió una opresión en el pecho al ver su expresión angustiada, el miedo que había en sus ojos. Incapaz de verla sufrir, la tomó en sus brazos.

—Ya no puede hacerte daño, Rebecca. Se ha ido. Earl está muerto.

—Lo sé —dijo ella, sollozando—. Pero todavía tiene poder sobre mí.

—No, no lo tiene.

Ella se apartó de él tan bruscamente que a Rob no le dio tiempo a reaccionar.

—¡Sí! —gritó—. ¿Es que no lo ves? Está aquí, en mi cabeza, todo el tiempo, controlándome. Nunca volveré a ser normal. Nada volverá a ser como antes. Ni siquiera puedo hacer el amor sin sufrir un ataque de pánico.

—Sí, sí puedes.

Ella crispó los dedos sobre los muslos.

—¡No puedo! ¿Es que no lo entiendes? ¿No ves lo que acaba de ocurrir?

—Sí, y lo entiendo perfectamente. Pero sé cómo podemos superar tus miedos.

Ella se quedó mirándolo un minuto entero, respirando agitadamente, con los puños apretados. Luego, lentamente, abrió las manos.

–¿Cómo? –musitó.

Rob se puso de rodillas y tiró de ella para que se sentara a su lado y lo mirara. Mirándola fijamente, deslizó un brazo alrededor de su cintura.

–Mírame. Aunque no puedas hacer otra cosa, no dejes de mirarme.

A pesar de que ella hizo lo que le pedía, Rob sintió la rigidez de su cuerpo, vio que la duda empezaba a deslizarse tras la sombra de sus ojos. Sin apartar la mirada de ella, abrió las manos sobre su espalda y las movió lentamente arriba y abajo.

–Puedes hacerlo, Rebecca. Yo te ayudaré. Abrázate a mí, si quieres.

Ella respiró profundamente y apoyó las manos sobre sus hombros. En sus ojos se arremolinaban emociónes conflictivas. Esperanza. Miedo. Incertidumbre.

–Eres un mujer muy hermosa, Rebecca –dijo él suavemente.

Ella bajó la mirada y se sonrojó.

–No es cierto.

Rob la tomó de la barbilla y la obligó a alzar la cabeza.

–¿Quién te ha dicho eso? ¿Earl? –antes de que ella pudiera contestar, añadió–. Eres muy hermosa. No permitas que nadie intente convencerte de lo contrario –volvió a deslizar el brazo alrededor de su cintura–. No, no –le advirtió al ver que ella bajaba de nuevo la mirada–. Tienes que mirarme, ¿recuerdas?

Ella vaciló un momento, pero al fin lo miró.

Conmovido por la confianza que le demostraba, por su determinación de llegar hasta el final, Rob la besó en la frente.

–¿Sabes lo irresistible que eres? –preguntó, mirándola fijamente–. ¿Lo increíblemente sexy? Solo tengo que mirarte para excitarme.

109

Ella lo empujó por los hombros, irritada.

—Oh, por favor, no hace falta que mientas.

Él la agarró más fuerte para impedir que se desasiera y luego tomó una de sus manos y, apoyándola sobre su vientre, la deslizó lentamente hacia abajo. Ella abrió mucho los ojos al tocar su miembro erecto.

—¿Lo ves? —le dijo—. No te estaba mintiendo.

Rob vio que tragaba saliva y luego sintió que cerraba, vacilante, los dedos en torno a su miembro. Le costó un gran esfuerzo mantenerse erguido. La caricia de Rebecca era muy dulce. Inocente. Un suplicio delicioso.

—Sí —musitó con voz ronca cuando ella deslizó los dedos temblorosos sobre su sexo—. Así.

La besó apasionadamente y luego se obligó a retirarse, porque no quería presionarla demasiado. Rebecca necesitaba tiempo. Y paciencia. Y él estaba dispuesto a darle ambas cosas.

—¿Estás bien? —ella se humedeció los labios y asintió—. Estupendo —deslizó las manos por su espalda y se inclinó para besarla otra vez—. Tienes un trasero precioso —murmuró contra sus labios, agarrándole las nalgas con fuerza—. Del tamaño justo. Y tus pechos... —se echó hacia atrás y bajó la cabeza, abriendo la boca sobre un pezón. Pasó la lengua sobre él, se lo metió en la boca, lo chupó un momento y dejó escapar un gemido de placer al apartarse—. Perfecta —volvió a mirarla a los ojos—. Eres perfecta. En todos los sentidos.

A Rebecca se le llenaron los ojos de lágrimas. Pero esta vez no por vergüenza, por temor o por rabia. Lloraba por la bondad de Rob, por su ternura. Por su comprensión.

Entonces empezó a creer que realmente él podía ayudarla, que podía ahuyentar de su memoria los malos recuerdos que Earl le había dejado. Empezó a creer que Rob podía sanarla. Que podía hacer el amor con él sin sentir miedo.

Rezando por que aquello fuera cierto, abrió las manos sobre el pecho de Rob, sobre su corazón.

—Yo no soy perfecta —dijo con la voz quebrada—. Nadie lo es. Pero gracias.

Vio que el azul de los ojos de Rob se suavizaba y que una dulce sonrisa curvaba sus labios. Él le agarró una mano y le dio un beso en el centro de la palma.

—Puede que no lo seas, pero estás muy cerca —le dio otro beso en la palma y luego le alzó ambas manos y las apretó contra su cuello—. Recuerda —le dijo—. Mantén los ojos abiertos y mírame —después de recordárselo por última vez, puso las manos sobre su cintura.

Manteniéndola quieta solamente con el poder de su mirada, bajó las manos lentamente por su cuerpo, acariciándole las caderas y los muslos como si sus manos fueran seda que se deslizaba sensualmente por la piel de Rebecca. Luego subió las manos muy despacio, cerrándolas levemente, hasta que las puntas de sus dedos rozaron la parte interior de los muslos de Rebecca. Cuando alcanzó la unión de sus muslos, pasó las manos sobre su pubis, y sintió que ella se estremecía de deseo. Rebecca bajó los párpados, respirando entrecortadamente.

Rob deslizó una mano entre sus piernas.

—No, Rebecca —musitó cuando ella cerró los ojos—. Mírame.

Ella se obligó a abrir los ojos y a mirarlo. Pero cada vez que Rob acariciaba los pliegues de su sexo, su capacidad para mantener los ojos abiertos flaqueaba, al igual que sus piernas. Y cuando él separó los pliegues e introdujo la punta de un dedo en la humedad de su interior, Rebecca apoyó la cabeza sobre su hombro, dando un gemido.

—Mírame, Rebecca —le ordenó él—. Mírame.

Aunque solo deseaba entregarse a aquel placer, flotar en las oleadas de sensaciones que mecían su cuerpo, alzó la cabeza y abrió los ojos.

Con los brazos apretados alrededor de su cuello, se

aferró a él, temblando, mientras Rob acariciaba en círculos el centro de su cuerpo, humedeciéndolo, enardeciéndolo. Luego, repentinamente, él introdujo el dedo entero dentro de su sexo. Rebecca gimió, arqueándose, como si se balanceara sobre un alto pináculo, convulsionándose salvajemente.

Rob vio que el asombro agrandaba sus ojos, que la pasión los ensombrecía, que el rubor cubría sus mejillas. Percibió su placer y su satisfacción en el gemido que se deslizó entre sus labios.

—Soy Rob —dijo él, deseando fijar su nombre en la mente de Rebecca, y amarrarlo a las emociones que ella estaba experimentando—. Rob —dijo otra vez mientras la tumbaba sobre las sábanas y se tendía sobre ella. Sin dejar de mirarla a los ojos, se cernió sobre ella y alineó su sexo con el suyo—. Rob —dijo una vez más, y la penetró. Ella se retorció salvajemente contra él, y las paredes de su sexo se cerraron con fuerza alrededor del miembro de Rob. Este procuró refrenarse—. Rob —repitió con los dientes apretados, mientras subía y bajaba las caderas sobre ella una y otra vez.

En su interior, la tensión fue creciendo hasta convertirse en un rugido que atronaba sus oídos, en un látigo que fustigaba su cuerpo, y comprendió que era inútil seguir conteniéndose. Dejando escapar un lento gemido, la penetró profundamente una última vez y derramó su semilla dentro de ella. Se convulsionó una vez. Luego otra. Y después una tercera. Y entonces, gimiendo, se derrumbó sobre ella y enterró la cara en la curva de su cuello, ya sin fuerzas.

—Soy Rob —le susurró al oído. La rodeó con los brazos y rodó para tumbarse de espaldas, arrastrándola consigo. Poniéndole una mano sobre la nuca, hizo que apoyara la cabeza sobre su pecho—. Rob —musitó, y la besó en la mejilla.

Envuelto en el olor del sexo, reconfortado por el

calor del cuerpo de Rebecca acurrucado contra el suyo, cerró los ojos y susurró una última vez:

–Rob.

Horas y horas y horas, le había prometido él.

Y Rebecca descubrió que era un hombre de palabra.

Acurrucada contra la espalda de Rob, alzó la cabeza para mirar por la ventana de la habitación. Una profunda oscuridad cubría el paisaje, y del cielo aterciopelado colgaba la luna llena. Rebecca miró el reloj que había sobre la mesita de noche y suspiró. Eran casi las once. Debía irse a casa. Se inclinó para mirar a Rob. Estaba dormido, y tenía el rostro relajado, casi infantil.

A pesar de que deseaba tumbarse y dormir acurrucada a su lado, sabía que debía irse. Pero le resultaba difícil. Sobre todo, al verlo tan plácidamente dormido, con el pelo revuelto y la mandíbula ensombrecida por un principio de barba. Sin poder resistirse, se inclinó para besarle la mejilla, y luego se apartó de él para levantarse.

Una mano se cerró sobre su muñeca y tiró de ella hacia atrás. Rebecca cayó sobre la ancha espalda de Rob, con la cara muy cerca de la de él.

–No te vayas –murmuró Rob medio dormido–. Quédate conmigo.

Rebecca sintió que se le derretía el corazón al oír su voz enronquecida por el sueño. Sonriendo suavemente, le pasó la mano por la frente y le apartó el pelo de la cara.

–Tengo que hacerlo. Sadie lleva sola todo el día.

–Le dejaste comida y agua, ¿no?

–Sí.

Él estiró un brazo hacia atrás, la agarró por la cintura y tiró de ella para que se tumbara sobre él. Arrimándose a ella, frotó la cara contra sus pechos.

–Quédate.

Ella sintió que su resolución se debilitaba, pero se incorporó, decidida a marcharse.

–No puedo, de verdad. Sadie debe de sentirse muy sola.

Él dejó escapar un profundo suspiro, luego se dio la vuelta y saltó de la cama.

Rebecca se sentó, sorprendida al ver que empezaba a ponerse los vaqueros.

–¿A dónde vas?

Él la miró mientras se subía la cremallera.

–A traer a Sadie.

Al final, fueron los dos a buscar a Sadie y a recoger un poco de ropa para Rebecca.

Aunque esta temía sentirse violenta por pasar la noche en casa de Rob, descubrió complacida que no era así. Se sentía a gusto con Rob y, este, a su vez, se sentía cómodo con su propio cuerpo... y fascinado por el de ella.

–¿Qué? –preguntó Rebecca, al ver que la estaba observando mientras hacía el desayuno.

–Nada. Solo estaba disfrutando de la vista.

Ella reprimió una sonrisa y señaló con la espumadera hacia la ventana.

–La mejor vista está ahí fuera.

Él se apartó de la barra del desayuno y se colocó tras ella, enlazándola por la cintura. Restregando la nariz contra su oreja, pasó las manos por su vientre.

–Para mí, no –bajó las manos hasta su pubis y las apretó–. La mejor vista está aquí abajo.

Rebecca dejó escapar un suspiro tembloroso.

–Si tienes hambre, será mejor que te estés quieto. Si no, se me van a quemar las tortitas.

Él esbozó una sonrisa contra su cuello.

–Pues haz más.

–Rob...

Él la hizo girarse en sus brazos y la besó, silenciando sus protestas. Rebecca se apoyó contra él con un suspiro, olvidándose de las tortitas.

El teléfono sonó intempestivamente. Una vez. Dos. A la tercera llamada, Rob lo descolgó del soporte fijado a la pared. Separando los labios de los de Rebecca, se acercó el aparato al oído.

—Rob Cole —dijo.

Cuando Rebecca intentó soltarse de su abrazo, él la apretó más fuerte, sujetándola firmemente contra su cuerpo. Ella vio que fruncía el ceño mientras escuchaba.

—De acuerdo —dijo él lentamente—. ¿Está ahí?

Preguntándose con quién estaría hablando y por qué arrugaba el ceño, Rebecca puso las manos sobre su pecho, sobre su corazón, y lo acarició.

Él bajó la mirada hacia ella.

—Sí —dijo al aparato—. Llegaré en cuanto pueda.

Volvió a colgar el teléfono y luego la agarró de nuevo por la cintura.

—¿Malas noticias? —preguntó Rebecca.

Él apretó los labios y sacudió la cabeza.

—No. En realidad, no. Era la secretaria de Sebastian. Llamaba para decirme que han encontrado el ordenador de Eric.

—¿Y Sebastian? —preguntó ella.

Él la soltó y se dio la vuelta.

—Su secretaria no sabe dónde está. Nadie lo ha visto.

Rob se sentó a la mesa que la secretaria de Sebastian le había dejado, y se frotó las manos antes de poner los dedos sobre el teclado.

—De acuerdo —masculló para sí—. Tú y yo vamos a tener una pequeña charla.

Apretó unas teclas y apareció una ventana en la pantalla. Uno a uno, fue revisando los archivos de la lista, en busca de algo sospechoso. Después de pasar una hora o más revisando los archivos, apartó la silla de la mesa y echó hacia atrás la cabeza, frotándose la cara.

Nada, pensó, contrariado. Cero. Nada de nada. Solo un montón de hojas de cálculo y gráficos, exactamente lo que habría esperado encontrar en el ordenador de un chupatintas cualquiera.

Convencido de que tenía que haber algo más, Rob se enderezó y tecleó rápidamente una serie de órdenes para entrar en el buzón de correo electrónico de Eric.

Se puso a revisar los e-mails, empezando por los más recientes, aquellos fechados justo antes de la muerte de Eric. Al cabo de unos minutos, estaba bostezando.

–No me extraña que Sadie fuera la amiga de Eric –masculló, irritado, mientras cerraba un mensaje y abría otro. Aquel tipo era un soso. Un aburrido. Leer su correo electrónico era como intentar tragarse un ensayo de economía de mil páginas escrito por un profesor con un millón de referencias a sus espaldas. Ninguna ironía. Ningún comentario picante. Ninguna broma soez. Nada de nada. Solo negocios, negocios y más negocios.

Pero, al ver el siguiente mensaje, Rob se puso tenso. Lo leyó rápidamente y luego volvió al principio y lo leyó por segunda vez.

¡Madito seas, Eric! Vas a pagar por esto, hijo de perra. Esa transacción debía quedar en secreto, y lo sabes. Tú te aprovechaste de ella tanto como yo. Y ahora lo has echado todo a perder. Será mejor que arregles tus asuntos, porque tus días están contados. ¿Me he explicado con claridad?

Un sudor frío cubrió la frente de Rob. Abrió el archivo del todo para ver el encabezamiento. El mensaje estaba fechado tres días antes de la muerte de Eric. ¿Y el remitente?

Sebastian Wescott.

Rob saltó de la silla. No, gritó para sus adentros, negándose a creer la evidencia que tenía ante sus ojos. Sebastian, no. Sebastian no robaría dinero a su propia empresa. No mataría a un hombre inocente. Tenía que haber una explicación para aquello. Alguien intentaba inculpar a Sebastian. Eso era. Tenía que serlo. Hablaría con Sebastian, le diría lo que había encontrado. Juntos podrían...

–¡Maldita sea, Sebastian! –exclamó, recordando que no sabía dónde estaba su amigo. Y si Sebastian no estaba allí para darle una explicación, para ayudarle a encontrar al verdadero asesino de Eric, Rob tenía las manos atadas. No tenía elección.

Debía contarle a la policía lo que había averiguado.

Pero primero tenía que ver a Rebecca, se dijo. Tenía que abrazarla. Rodearse de su dulzura, de su inocencia, a fin de reunir las fuerzas que necesitaba para llevar a la policía la prueba que incriminaría a su mejor amigo.

Cuando llegó a la floristería, vio con alivio que Rebecca estaba sola. Ella levantó la vista al oír la campanilla, y una sonrisa afloró a sus labios cuando lo vio. Pero, al rodear el mostrador para darle la bienvenida, su sonrisa se desvaneció lentamente.

–Rob, ¿qué sucede?

Él la agarró y la condujo a la trastienda. Cerró la puerta tras ellos, la hizo girarse y la abrazó. La besó con una urgencia, con una desesperación que la dejó sin aliento y le encogió el corazón.

Un día antes, habría sufrido un ataque de pánico si la hubiera besado con tanta ansia. Se habría acobardado al sentir la fuerza de los brazos que la sujetaban. Pero eso era antes. Y aquel era Rob. No Earl. La noche anterior, Rob había sellado para siempre la diferencia entre pasado y presente.

De modo que, en lugar de desasirse como una cobarde, se apoyó contra él, le rodeó el cuello con los brazos y lo besó, ofreciéndole libremente todo lo que quisiera tomar de ella.

Y, al hacerlo, el beso de Rob se hizo más suave y sus manos se abrieron, deslizándose por la espalda de Rebecca. Rob gimió contra sus labios con el sonido de un animal herido, y Rebecca absorbió aquel gemido, deseando disipar su sufrimiento.

Él se apartó por fin y dejó escapar un áspero suspiro. Apoyando la frente contra la de Rebecca, dijo:

–Lo necesitaba. Te necesitaba.

Conmovida, ella le apoyó una mano bajo la cara y se puso de puntillas para besarlo en la barbilla.

–¿Estás bien?

Rob apartó las manos de Rebecca de su cuello y las agarró con fuerza, echándose hacia atrás.

–Ahora, sí.

En ese momento, al ver la expresión angustiada de sus profundos ojos azules, al vislumbrar la pureza y la ternura de su alma torturada, Rebecca comprendió que le había entregado su corazón.

–Dime qué ha pasado.

Rob le habló del correo electrónico que había encontrado en el ordenador de Eric y de las consecuencias que tendría para Sebastian cuando informara de ello a la policía.

–¿Crees que es culpable? –preguntó Rebecca.

Él sacudió la cabeza.

–No, claro que no. Pero eso mensaje parece demostrar lo contrario, y seguramente bastará para mandar a Sebastian a la cárcel.

–Entonces, no lo hagas.

Rob alzó una ceja.

–¿Quieres decir que no vaya a la policía? –al ver que ella asentía, se dio la vuelta, llevándose una mano a la nuca–. Debo hacerlo –masculló–. No tengo elección.

–No estoy diciendo que no los informes. Solo sugiero que esperes un día o dos.

Él la miró por encima del hombro.

–¿Y confiar en que Sebastian aparezca mientras tanto?

–Sí.

–Ocultar pruebas va contra la ley.

–Lo sé.

–Podría acabar en la cárcel, y seguramente perdería mi licencia de detective.

Rebecca respiró profundamente, comprendiendo lo mucho que sacrificaría Rob si se equivocaba respecto a su amigo. Se arriesgaba a perder su trabajo, su reputación. Seguramente, a pasar años encerrado en una celda. Y ella también saldría perdiendo. Perdería a Rob. Y solo acababa de empezar a creer que tal vez tendrían un futuro juntos.

Soltó el aire lentamente, luego se acercó a él y lo tomó de las manos.

–O podrías salvarle la vida a un amigo.

Rob la miró fijamente. Estaba asombrado por su confianza, por su fe en que no se equivocaba respecto a Sebastian.

–Tú no sabes nada de ese e-mail –le advirtió–. Nunca te he hablado de él. ¿Entendido?

Ella lo miró, confundida.

–¿Qué?

–No sabes nada de ese e-mail –repitió él, apretándole las manos con fuerza–. Yo nunca te he contado nada. Esta conversación no ha tenido lugar. No hablarás de esto con nadie. Si lo haces, y la policía se entera, serás tan culpable de ocultar pruebas como yo.

Rebecca no habló con nadie del e-mail que Rob había encontrado. Pero no le costó ningún esfuerzo hacerlo. En realidad, no tenía confianza con nadie. Salvo con Andrea, claro. Pero tampoco se lo contó a

119

Andrea. Y, a pesar de no decírselo a nadie, no dejaba de preocuparse por la seguridad de Rob.

Después de todo, él tenía que vérselas con un asesino. Si Sebastian no era culpable, ello significaba que allí fuera había otra persona al acecho. Alguien que conocía la existencia de aquel e-mail, que lo había introducido en los archivos de Eric para incriminar a Sebastian. Un asesino andaba suelto, un asesino que solo se consideraría a salvo cuando Sebastian fuera detenido y acusado de la matar de Eric.

Un asesino al que Rob pretendía llevar ante la justicia, costara lo que costara.

Angustiada por aquella idea, Rebecca procuró mantenerse ocupada. Fijó una cita para la tarde siguiente con el contratista que iba a construir el estanque japonés y la fuente del patio de Rob.

Y en ningún momento dejó de preocuparse por Rob.

Encargó los muebles de mimbre para el porche a un artesano que conocía en Missouri.

Y en ningún momento dejó de pensar en Rob.

Y cuando llegaron las cinco y Andrea entró en la tienda como una exhalación, invitándola a cenar en Claire's, el restaurante francés de la calle Mayor, Rebecca aceptó, aliviada por tener algo con qué distraerse.

Cuando estuvieron sentadas en el restaurante, Andrea apoyó los brazos sobre la mesa y se inclinó hacia delante con expresión expectante.

—Está bien. Venga, cuéntamelo todo.

Temiendo que Andrea hubiera descubierto de algún modo la existencia del e-mail que inculpaba a Sebastian, Rebecca tartamudeó:

—N-no hay nada que contar.

Andrea hizo un gesto con la mano, desdeñando sus evasivas.

—Sí que lo hay, y no nos iremos de este restaurante hasta que me lo cuentes todo con pelos y señales

–mientras Rebecca la miraba asombrada, sintiendo un nudo de miedo en el estómago, Andrea se recostó en la silla cómodamente–. Anoche pasé por tu casa.

–Siento... siento no haberte visto. No estaba en casa.

–Lo sé. También te llamé por teléfono varias veces.

Rebecca no sabía qué decir. Odiaba mentir. Andrea era su amiga. Pero le parecía una indiscreción decirle que había pasado la noche con Rob.

–¿Saltó el contestador? –preguntó.

–Sí. Y, por cierto, a ver si cambias el mensaje de una vez. Debías de estar acatarrada o algo así cuando lo grabaste, porque tienes una voz horrorosamente nasal.

–Sí, estaba acatarrada –dijo Rebecca, asiendo al vuelo la oportunidad de distraer a Andrea–. ¿Te acuerdas? Fue hace un mes, más o menos. Tú me llevaste caldo de pollo.

–Sí. Soy toda una hermanita de la caridad. Ahora, cuéntame lo de anoche. ¿Dónde estuviste?

Rebecca notó que se ponía colorada.

–Me quedé trabajando hasta tarde.

–Me pasé por la tienda y tu furgoneta no estaba allí.

–Es que no estaba en la tienda.

–Por el amor de Dios, Rebecca, ¿por qué no me dices de una vez que pasaste la noche con Rob, en vez de obligarme a sacártelo con un sacacorchos? –Rebecca se puso aún más colorada. Andrea se inclinó sobre la mesa, con expresión divertida–. Estuvo bien, ¿eh?

Rebecca entornó los ojos.

–Andrea, por favor.

–¿Te estoy avergonzando? Pues lo siento. Pero no pienso dejarte en paz hasta que me cuentes hasta el último detalle.

La camarera se acercó a la mesa para tomar nota, y Rebecca agradeció aquel respiro.

Pero su alivio duró poco.

–¿Y bien? –dijo Andrea después de devolverle las cartas a la camarera. Rebecca vio que la camarera regresaba a la cocina y deseó irse con ella–. Re-be-cca –dijo Andrea, subrayando cada sílaba.

Rebecca parpadeó, aturdida y, desplegando la servilleta, se la puso sobre el regazo. Sabía que era inútil seguir dándole largas a su amiga. Andrea le sacaría la historia de una manera o de otra.

–Sí, pasé la noche en casa de Rob y, sí, hicimos... –sintió que volvía a ponerse colorada y dijo precipitadamente–. Hicimos el amor.

–¡Yuju! –gritó Andrea, recostándose en la silla, y se puso aplaudir–. Sabía que lo conseguirías.

Rebecca miró a su alrededor por si alguien las estaba mirando, y luego susurró, enfurecida:

–¡Andrea! Contrólate, ¿quieres? No quiero que toda la ciudad se entere de mi vida privada.

Andrea apretó los labios, conteniendo la risa.

–Oh, pero si es muy excitante. Sobre todo, después de una sequía tan prolongada –Rebecca arqueó una ceja a modo de advertencia–. Oh, está bien –dijo Andrea–. Ni una palabra más, te lo prometo –tomó su copa, dio un trago, la dejó sobre la mesa, desplegó la servilleta sobre el regazo, se echó hacia atrás, tamborileó con los dedos sobre los brazos de la silla y luego frunció los labios como si se dispusiera a silbar.

Y durante todo ese tiempo miraba a todas partes, menos a Rebecca.

–Oh, por el amor de Dios –protestó esta–. Si dejas de comportarte como una niña, te lo contaré todo.

Andrea se inclinó hacia delante, toda oídos.

Y Rebecca se lo contó. Alargó la historia mientras se comían las ensaladas y el segundo plato y le puso punto final mientras se comían los últimos bocados de sus crêpes de chocolate.

Andrea dejó el tenedor sobre la mesa, con ojos soñadores.

–Qué romántico –dijo, dando un suspiro.

–Hola, señoritas.

Rebecca levantó la mirada y vio que Rob y Keith Owens, el propietario de una empresa de software, se acercaban a la mesa.

Le dio a Andrea una patada por debajo de la mesa.

–Ni se te ocurra decirle nada –le advirtió, y luego alzó la vista y sonrió a Rob–. Hola. Acabamos de terminar de cenar.

Conteniendo una sonrisa, Rob se inclinó y le quitó con el dedo una pizca de chocolate de la comisura de la boca antes de besarla suavemente.

–Ya lo veo.

Sonrojándose, Rebecca lanzó una mirada de reojo a Andrea, temiendo que su amiga hiciera algún comentario sobre el beso. Pero vio aliviada que Andrea estaba mirando a Keith Owens y no se había enterado de nada.

Rob miró a Keith y a Andrea y luego le dijo a Rebecca:

–Ya que habéis acabado, te llevaré a casa.

–Pero si he traído mi furgoneta –dijo ella mientras Rob tiraba de ella para que se levantara.

–Vendremos a buscarla más tarde –le puso la correa del bolso sobre el hombro y la agarró por el codo–. Me alegro de verte, Andrea –dijo, y se volvió hacia Keith–. Hasta luego, Keith.

–Pero si no he pagado la cena –protestó ella, clavando los talones en el suelo.

Rob se sacó un billete de cincuenta de dólares del bolsillo y lo dejó sobre la bandeja de una camarera que pasaba por allí.

–Cóbrese la cuenta de aquella mesa –dijo, señalando la mesa a la que Andrea todavía estaba sentada.

Salieron del restaurante y se montaron en el coche de Rob antes de que Rebecca pudiera tomar aliento.

–¿Pero qué es lo que pasa? –dijo, indignada, cuando Rob se sentó tras el volante.

Él encendió el motor y reajustó el espejo retrovisor.

–¿Es que no lo has notado?

–¿Notar qué? Lo único que he notado es que me has sacado a rastras del restaurante.

–¿A rastras? –él se echó a reír–. ¿Es que no querías venir conmigo?

Ella cruzó los brazos sobre el pecho.

–No intentes cambiar de tema. Quiero saber por qué has hecho eso.

–Ah, eso –él se inclinó, le dio un beso en los labios fruncidos y se echó a reír al ver que ella se echaba hacia atrás y lo miraba con los ojos entornados–. Lo he hecho por Andrea y por Keith. Se estaban mirando con ojitos de cordero, y se me ocurrió dejarlos un rato a solas.

Ella dejó caer los brazos y lo miró boquiabierta.

–¿Keith y Andrea?

Él arrancó y se alejó de la acera.

–Sí. Keith y Andrea. Hace años, cuando estaban en la universidad, salían juntos. Y me parece que todavía se gustan.

–¿Keith y Andrea? –dijo ella otra vez, incapaz de imaginárselos juntos–. Pero si ella es muy simpática y muy cariñosa, y él es tan... tan...

–¿Serio? –sugirió Rob.

–Eso es poco decir.

Él se encogió de hombros.

–Dicen que los opuestos se atraen.

De pronto, Rebecca cayó en la cuenta de que se dirigían al rancho y no a su casa.

–¿A dónde vas?

–A casa.

–Pero...

–Tú te vienes conmigo.

Rebecca seguía protestando cuando entraron en casa de Rob.

–Pero tengo que irme a casa. Aquí no tengo ropa.

Él dejó su maletín sobre la encimera de la cocina.

–Puedes ponerte algo mío.

–¿Cómo voy a ponerme algo tuyo para ir a trabajar? ¿Qué pensaría la gente?

Rob abrió la nevera y metió la cabeza dentro.

–Pues no vayas a trabajar.

Rebecca frunció el ceño y puso los brazos en jarras.

–Tengo que ir a trabajar. Soy la dueña.

Él se incorporó y le quitó el tapón a una botella de cerveza.

–Entonces, tómate el día libre –le tendió la botella de cerveza, ofreciéndole un trago, pero ella lo rechazó.

–No puedo cerrar la tienda así como así.

–¿Por qué no?

–Porque mis clientes esperan que abra, por eso.

Rob bebió un sorbo de cerveza y luego la señaló con la botella.

–¿Y qué pasa cuando te pones mala?

–Que voy a trabajar de todos modos.

–¿Y si te pusieras mala de verdad? ¿Tan mala que no pudieras ir a trabajar? ¿Tan mala que ni siquiera pudieras levantarte de la cama?

Ella arrugó el ceño. Nunca había considerado esa posibilidad, porque rara vez se ponía enferma.

–Bueno, supongo que entonces tendría que quedarme en casa.

Él le pasó un brazo sobre los hombros.

–¿Sabes? –dijo, llevándola hacia el dormitorio–, no tienes muy buen aspecto. ¿Te encuentras bien?

–Perfectamente.

–No sé, no sé –dijo él, mirándola fijamente. Se detuvo junto a la cama y le puso una mano sobre la frente–. Estás muy caliente. Puede que tengas fiebre.

Ella entornó los ojos.

–Me encuentro muy bien.

Él puso la cerveza sobre la mesita de noche y retiró la colcha.

–Creo que deberías echarte un rato. Solo por si acaso.

–No voy a echarme. Me encuentro perfectamente.

–Te encontrarás mejor cuando te quites esa ropa y te metas en la cama –estiró una mano hacia el botón superior de la camisa de Rebecca–. Ven. Deja que te ayude.

–¡Rob! –ella lo agarró de las manos, pero él ya había conseguido desabrocharle dos botones, dejando al descubierto su piel desnuda.

–¿Qué es eso? –preguntó él, arrugando el ceño con preocupación–. ¿Una roncha?

Rebecca dobló el cuello, intentando ver a qué se refería.

–¿Dónde?

–Aquí –él puso un dedo en mitad de su pecho, luego lo bajó y, prendiéndolo en la tira del sujetador, la atrajo hacia sí–. Ya te tengo.

Rebecca dejó escapar un suspiro.

–Eres un ratón.

–Y tú eres un queso. Y a los ratones les gusta el queso –sonriendo, deslizó la lengua por su cuello.

Cuando llegó a su oreja, Rebecca estaba dispuesta a convertirse en lo que él quisiera.

–¿Rob?

Él le lamió la oreja.

–Humm.

–Podrías haberme preguntado.

–¿Y arruinar la diversión?

–¿La diversión de quién?

Riendo, él se tumbó en la cama, arrastrándola consigo.

–La mía.

Capítulo Ocho

Sonriendo, Rob acarició la espalda de Rebecca y le apretó las nalgas.

–Qué culo tan bonito tienes.

Rebecca estaba jugueteando con un botón de la camisa de Rob. Todavía no sabía si perdonarlo o no por haberla metido en la cama.

–Puede ser.

Él se echó a reír.

–Vaya, parece que vamos progresando. Casi has aceptado un cumplido.

A pesar de que pretendía hacerse la enfadada un poco más, Rebecca se apaciguó y ladeó la cabeza.

–¿Casi? –preguntó con sorna, y se incorporó, sentándose a horcajadas sobre él–. Permíteme que te aclare una cosa –se llevó las manos al botón superior de su camisa–. Sí, es verdad, tengo un culo bonito –dijo mientras se desabrochaba lentamente los botones–. Y, lo que es más, también tengo unos pechos muy bonitos –se quitó la camisa y la tiró al suelo–. Ni demasiado grandes... –desabrochó el cierre frontal del sujetador–, ni demasiado pequeños –se bajó lentamente un tirante del sujetador, y luego el otro–. Simplemente del tamaño justo.

Rob tragó saliva, mirando fijamente sus pechos desnudos. Recordaba que Rebecca le había dicho que antes disfrutaba del sexo, y durante su encuentro de la noche anterior había visto un atisbo de su lado más apasionado. Pero no sabía que pudiera ser tan juguetona.

Se preguntó qué otras sorpresas le tendría reservadas, qué otras caras de su personalidad, sofocadas por su difunto marido, empezarían a aflorar ahora que la había convencido de que Earl ya no tenía poder sobre ella.

Al pensar en los malos tratos que había sufrido, sintió un arrebato de rabia. No, se dijo, reprimiendo su furia. Rebecca había vivido rodeada de rabia demasiado tiempo. Tendió una mano hacia ella, deseando demostrarle una vez más que pasión y dolor no siempre eran sinónimos.

–Déjame ver si saben tan bien como parecen.

Ella se inclinó lánguidamente sobre él, suspirando, para ofrecerle los pechos. Rob pasó la lengua por un pezón, humedeciendo su punta, y luego movió la cabeza para chupar el otro. Después, cubriendo ambos pechos con las manos, los juntó y levantó la mirada hacia los ojos de Rebecca.

–Son preciosos –musitó antes de abrir los labios sobre ambos pezones y metérselos en la boca.

Rebecca se sintió atravesada por una oleada de deseo. Se arqueó y apretó ávidamente los pechos contra la cara de Rob. La lengua y la boca de él le provocaban una mezcla de tortura y placer, una sensación que estaba dispuesta a soportar durante horas y horas.

Pero quería dar, no solamente recibir. Ansiosa por compartir el placer que Rob le estaba dando, se incorporó y se levantó de la cama.

–Es mi turno –le dijo mientras se quitaba los pantalones. Los tiró al suelo y luego se sentó sobre los muslos de Rob. Mirándolo fijamente a los ojos, abrió las manos sobre su abdomen, con una sonrisa sensual en los labios–. Tienes una piel preciosa –musitó–. Tan morena. Y suave como la seda –se inclinó y abrió la boca sobre el ombligo de Rob. Sopló, calentando su piel, y luego pasó la lengua ensalivada por su ombligo antes de erguirse lentamente. Al mirar a Rob a los ojos y ver el deseo que tensaba su semblante y enturbiaba su mirada, su sonrisa se hizo más grande. Satisfecha, desplegó las manos y las movió arriba y abajo sobre sus costados–. Y eres todo músculo –musitó–. Seda tensada sobre hierro –sus dedos tropezaron con una prominencia de carne más suave, y se echó hacia atrás para ver qué era. Entre dos costillas, en mitad del costado derecho, Rob tenía una ancha cicatriz. Rebecca frunció el ceño, trazó con un dedo el contorno de la cicatriz y luego levantó la mirada hacia Rob–. ¿Cómo te hiciste eso?

Él la agarró de la mano y se la deslizó hacia abajo.

–Muy sencillo. Me caí –antes de que ella le hiciera otra pregunta, Rob la besó en la boca y la agarró de las caderas, alzándola sobre su cuerpo–. Me debilitas –dijo contra su boca. Le lamió el labio inferior y suspiró–. Y al mismo tiempo haces que me sienta como Superman.

Ella se movió para acomodarse sobre él.

–¿Ah, sí? Qué raro, porque tú pareces tener el mismo efecto sobre mí.

Él le apartó el pelo de la cara para mirarla.

–Pero eso no es todo –estiró una mano entre sus cuerpos y colocó su miembro entre las piernas abiertas de Rebecca–. Me pones muy cachondo. Podrías hacerme suplicar, si quisieras.

Asombrada porque le hubiera confesado su debilidad, y por la confianza que ello demostraba, Rebecca bajó las caderas sobre él.

–Nunca –le prometió mientras lo tomaba dentro de sí–. Yo solo quiero darte placer, no controlarte.

Él alzó las manos para acariciarle el pelo y las dejó allí, mirándola fijamente a los ojos.

–Pues dame placer ahora.

Rob elevó las caderas al mismo tiempo que ella bajaba las suyas... y el placer dio comienzo. Las piernas de Rob se tensaban con cada rítmica acometida, las de ella se estremecían con cada torturante retirada. El ritmo fue aumentando poco a poco, haciéndose más rápido a medida que crecía el deseo que ambos sentían de complacer al otro. El ansia se hizo más intensa, más ardiente, más desesperada, hasta que el sudor cubrió por completo la piel de ambos y empapó las sábanas.

Rob rodó sobre la cama, colocándose sobre Rebecca.

–Te deseo. Toda entera.

Y Rebecca quería dárselo todo. Su cuerpo, su corazón y su alma. No temía perderse a sí misma en el empeño. A diferencia de Earl, Rob nunca abusaría de ella. No la destrozaría, arrancándole pedazos de su personalidad y de su confianza hasta que solo quedara un guiñapo de su verdadero ser.

Rebecca le rodeó el cuello con las manos y atrajo su cara hacia sí.

–Soy tuya –musitó–. Toda yo.

Mirándola fijamente, Rob se aferró al borde del colchón y la penetró con fuerza, estremeciéndose. Ella jadeó. La intensidad de la pasión de Rob le resultaba casi excesiva; su propia necesidad de liberación era demasiado intensa. Luego, lentamente, se deshizo bajo él, anegada por el placer. Se aferró a él, apretando su cuerpo contra el de Rob, y sus corazones latieron al unísono.

En ese instante, Rebecca sintió que formaba parte de él. Conocía sus pensamientos. Compartía los latidos de su corazón. Sentía su placer y su dolor como si fueran propios.

Amor. Su corazón rebosaba de amor.

Y, entonces, Rebecca comprendió al fin que había encontrado a un hombre a quien podía amar, un hombre que la amaría y la respetaría.

Rebecca contemplaba a Rob mientras este dormía. Estaba demasiado emocionada para dormir.

Se estaba enamorando, y aquella sensación era demasiado nueva, demasiado emocionante, demasiado placentera como para que pensara siquiera en descansar. Deseaba subirse por las paredes, trepar al tejado y gritar que amaba a Rob, correr desnuda por las praderas.

Apretó la boca contra el hombro de Rob para sofocar la risa. Ella, Rebecca Todman, pensando en correr desnuda al aire libre...

Y, sin embargo, sería capaz de hacerlo. Porque se sentía libre y osada.

Apoyó la barbilla sobre el hombro de Rob y contempló su perfil. «Qué guapo», pensó con un súbito estremecimiento de emoción. «Tan duro, y sin embargo tan amable». Hacía menos de dos semanas que lo conocía, pero no se cuestionaba sus sentimientos hacia él. No sabía qué fuerzas de la naturaleza la habían llevado a Royal y a Rob. Pero sabía que aquel era el hombre de sus sueños. El hombre a cuya imagen se aferraba para sobrevivir al infierno en el que había vivido.

Por un instante, se permitió recordar cómo era su vida antes de trasladarse a Royal. Su matrimonio con Earl. Los dos años de noviazgo. La boda. La impresión que sufrió al descubrir el lado más oscuro de su marido. El miedo, el dolor que siguió. Durante todo aquel tiempo, había deseado desesperadamente abandonar a Earl, escapar de todo aquello. Pero su marido controlaba algo más que su cuerpo: controlaba su mente. Earl la había destrozado psicológicamente hasta el punto de que Rebecca llegó a creerlo cuando le decía que tenía suerte de tenerlo a él. Que las palizas eran culpa de ella. Y también cuando le decía que ningún otro hombre la querría. Que era estúpida, incapaz, frígida y muchas cosas más, hasta que destruyó completamente su amor propio, su confianza en sí misma.

Una lágrima afloró al borde de uno de sus ojos y rodó hasta el hombro de Rob. Rebecca la limpió con un dedo.

Todo aquello formaba parte del pasado, se dijo, ahuyentando los malos recuerdos. Ella no era estúpida, ni incapaz. Se lo había demostrado a sí misma cuando abandonó Dallas para trasladarse a Royal. Y había sido capaz de levantar un negocio con sus propias manos, sin ayuda de nadie.

Y tampoco era frígida, pensó mientras se acurrucaba de nuevo junto a Rob. Eso también se lo había demostrado a sí misma, con ayuda de Rob.

Vencida por el sueño, apoyó la cabeza en la almohada junto a la de Rob y se arrimó a su cuerpo. Le pasó un brazo por encima de la cintura y cerró los ojos.

Y se quedó plácidamente dormida.

—¿Por qué tienes que ir a trabajar?

—Ya te lo he dicho —contestó Rebecca con paciencia mientras metía los platos del desayuno en el lavavajillas—. Tengo un negocio que atender. Mis clientes confían en mí.

—¿Y crees que vas a quebrar porque te tomes un día libre?

Ella se echó a reír al notar su enfurruñamiento, y le dio un beso en los labios al pasar junto a él.

—No quiero arriesgarme, por si acaso.

Frunciendo el ceño, Rob se agachó, tomó a Sadie en brazos y, acariciando el lomo de la gata, siguió a Rebecca.

—Pero volverás en cuanto cierres, ¿no?

Ella se sentó al borde de la cama para ponerse los zapatos.

—Claro. He quedado con el contratista aquí a las cinco y media —se levantó y extendió los brazos—. Vamos, Sadie. Es hora de irnos.

Rob se dio la vuelta, alzando un hombro para impedirle que tomara a la gata.

—Sadie puede venirse conmigo.

—¿Estás seguro?

–Sí –musitó él–. Hoy necesito un guardaespaldas.

Rebecca sintió que sus nervios se tensaban al recordar el peligro al que se enfrentaba Rob, y, acercándose él, lo enlazó por la cintura.

–¿Vas a ir a buscar a Sebastian?

–Sí. Debo hacerlo. Si la policía averigua lo de ese e-mail antes de que aparezca...

Rebecca se puso de puntillas para besarlo, sabiendo tan bien como él lo que aquello significaría.

–Ten mucho cuidado. ¿De acuerdo?

–Claro.

Dorian se encogió de hombros.

–No lo he visto. Nadie lo ha visto. Y, francamente, estoy preocupado.

Con Sadie enroscada en su regazo, mordisqueando una galletita, Rob observaba a Dorian por encima de la mesa, mientras Will Bradford, Jason Windover y Keith Owens escuchaban atentamente lo que decía el hermanastro de Sebastian. A pesar de que este y Dorian compartían algunos rasgos físicos, como el mismo pelo de color castaño y unos ojos de un extraño color gris plata, para Rob su parecido acababa ahí. Había algo en Dorian que le causaba inquietud. No sabía exactamente qué era, pero algo en aquel joven lo perturbaba, y así había sido desde el momento en que Sebastian se lo presentó a los miembros del Club de Ganaderos de Texas y les pidió que lo admitieran en su selecto cenáculo. Por respeto a Sebastian, Rob había consentido.

Dorian lanzó una mirada a la gata con evidente desagrado.

–Pensaba que en el club solo se admitían perros de caza.

Rob pasó una mano por el lomo de Sadie.

–Hoy han hecho una excepción, porque Sadie es mi guardaespaldas.

Entornando los ojos, Dorian echó hacia atrás su silla.

–Su guardaespaldas –masculló con fastidio, y luego alzó una mano en señal de despedida–. Tengo que volver al trabajo. Hasta luego, chicos –al pasar junto a la silla de Rob, se inclinó para acariciar la cabeza de Sadie, pero apartó la mano al ver que la gata erizaba el lomo, siseando–. Estúpido gato –masculló Dorian mientras se alejaba.

–¿De quién es ese gato, por cierto? –preguntó Keith.

Rob miró a Dorian alejarse.

–De Eric Chambers.

–¿De Chambers? –repitió Jason–. ¿Y qué haces tú con él?

Rob vio que Dorian desaparecía tras la puerta y se volvió para mirar a Keith.

–Rebecca lo está cuidando hasta que encuentren al pariente más cercano de Eric –se encogió de hombros y pasó una mano por el lomo del animal–. Yo estoy haciéndole de niñera mientras ella está en la tienda.

William Bradford alzó una ceja, sorprendido.

–No sabía que salías con Rebecca Todman.

Rob se removió, incómodo, en la silla.

–No salgo con ella exactamente.

Keith se echó a reír.

–A mí no me engañas. Deberías haber visto el morreo que le dio en Claire's la otra noche –le dijo a William–. Allí, delante de todo el mundo.

Rob le lanzó una mirada asesina.

–Me extraña que te dieras cuenta, porque no le quitabas ojo a Andrea.

–¿A Andrea O'Rourke? –repitió William, extrañado.

Entonces fue Keith quien frunció el ceño, desdeñando el comentario de Rob con un gruñido.

–Solo intenta cambiar de tema. La verdad es que está perdido –dijo, señalando a Rob–. Esa mujer lo tiene en el bote. Pero si hasta ha conseguido que le cuide al gato. En cuanto nos descuidemos, lo llevará al altar. Y entonces solo quedaremos Sebastian, Jason y yo para ver quién decide a qué se dedica este año la recaudación del baile benéfico.

La mano de Rob se heló sobre el lomo de Sadie.

—De eso nada —dijo, sacudiendo la cabeza—. Rebecca y yo solo somos... amigos.

Keith lo miró divertido.

—¿Pretendes quedarte conmigo? He visto la forma en que te mira. Esa mujer está loca por ti, y tú por ella. Recuerda mis palabras —le advirtió—. Tus días de soltero están contados.

—Queremos tres o cuatro rocas aquí —le dijo Rebecca al contratista, señalándole el lugar del atrio donde quería que instalara la fuente.

—¿Y el surtidor iría oculto entre ellas? —preguntó el contratista.

—Sí.

—¿Y el motor? Tiene que ir en alguna parte.

Ella frunció los labios, pensativa.

—Creo que podríamos ponerlo en aquel rincón, oculto en una caseta que cubriríamos con más rocalla —Rebecca se volvió para mirar a Rob, que estaba de pie ante el enorme ventanal del salón de atrás, mirando hacia fuera—. Rob, ¿a ti qué te parece? —al ver que no respondía, suspiró y se volvió hacia el contratista—. Sí, será mejor construir una pequeña caseta —miró a su alrededor y alzó las manos—. Creo que ya está todo, a menos que tenga alguna pregunta.

El hombre se puso la gorra y se metió el portafolios bajo el brazo.

—No, señora. Ya tengo toda la información que necesito.

Rebecca lo acompañó hasta la puerta.

—¿Cuándo puede empezar?

–Pasado mañana, si le parece bien.

–Perfecto. Entonces, nos encontraremos aquí a las ocho de la mañana –después de cerrar la puerta, Rebecca regresó al enorme salón y se acercó a Rob–. Eh –dijo suavemente, rodeándole la cintura con los brazos desde atrás–. ¿Qué te pasa?

Él se encogió de hombros.

–Nada.

Rebecca frotó la mejilla contra su espalda.

–A ti te pasa algo. No has dicho ni dos palabras desde que has llegado.

Rob se apartó de ella y se llevó la mano a la nuca, alejándose.

Ella lo miró fijamente, dolida por su rechazo.

–Rob, ¿qué ocurre?

–Ya te lo he dicho. Nada.

Pero ella sentía que algo iba mal.

–¿Es por Sebastian? ¿Lo has encontrado?

–No.

–¿No sabes dónde puede haber ido?

–No.

Notando su frustración, Rebecca se acercó a él.

–Si estás preocupado por eso...

–Ya te he dicho que no es nada –contestó él, irritado.

–Algo te inquieta –insistió ella. Pero antes de que pudiera pedirle que se lo contara, Rob masculló una maldición y se acercó corriendo a la puerta de atrás–. ¡Rob! –gritó ella–. ¿Qué ocurre? ¿A dónde vas?

–¡Es Sebastian!

–¿Sebastian? –ella corrió tras él–. ¿Dónde?

–Acabo de verlo pasar con el coche –abrió la puerta y miró afuera, pero se dio la vuelta, bloqueándole el paso a Rebecca cuando esta hizo intento de salir–. Espera dentro. Lo que voy a decirle no conviene que lo escuche una dama.

Cruzando los brazos sobre la cintura, Rebecca se acercó a la ventana para mirar hacia el exterior. Sin duda era Sebastian quien salió del coche aparcado a la entrada, detrás del de Rob. Este lo detuvo antes de que alcanzara la casa.

Rebecca no tenía que oír la conversación para saber que lo que Rob le había dicho era cierto. Lo que debía decirle a su amigo no era apto para los oídos de una dama. Era evidente con solo observar su lenguaje corporal. Rob estaba rígido y tenía las piernas separadas y los puños cerrados junto a los costados, como si dispusiera para el combate. No podía ver su cara. Solo veía la de Sebastian, cuyo semblante evidenciaba una total falta de emoción.

Rebecca oyó que Rob alzaba la voz, pero no entendió lo que decía. Vio que hacía ademanes bruscos y que le daba a Sebastian un empujón. Sebastian dio un paso atrás, tambaleándose, pero no hizo intento de defenderse. Rob volvió a empujarlo. Pero Sebastian siguió sin hacer nada.

Entonces Rob dejó caer los brazos y hundió los hombros. Le dijo algo a Sebastian, y este contestó. Una breve respuesta. Solo un par de palabras. Entonces Sebastian se dio la vuelta, abrió la puerta de su coche y se sentó tras el volante.

Rebecca oyó el ruido del motor. Vio la expresión de la cara de Sebastian cuando este levantó la vista hacia Rob. ¿Resolución? ¿Miedo? Antes de que pudiera decidirlo, Sebastian dio marcha atrás, hizo girar el coche y se alejó.

Rob se quedó mirándolo hasta que el coche se perdió de vista. Luego regresó lentamente a la casa. Rebecca salió a la puerta para encontrarse con él.

Al ver sus hombros hundidos y su semblante crispado, le tendió los brazos.

—Oh, Rob —murmuró tristemente, deseando reconfortarlo.

Él pasó a su lado y se quitó la camisa sacándosela por la cabeza. Rebecca lo miró, aturdida, sintiendo de nuevo el aguijón del rechazo. Una burbuja de miedo creció en su interior. Rebecca la contuvo, decidida a no dejarse intimidar por el silencio de Rob, como tantas veces le había ocurrido con Earl.

Lo siguió cuando él entró en el dormitorio.

–Rob, háblame. Dime qué te ocurre. Qué está pasando.

Él sacó una camisa limpia del armario y cerró la puerta bruscamente.

–Nada, ya te lo he dicho. No pasa nada.

Le volvió la espalda y descolgó la camisa de la percha. Mientras lo hacía, Rebecca volvió a fijarse en la cicatriz que tenía entre las costillas. Entonces vio que tenía otra en la espalda: un cicatriz plana, fina y recta, más pálida que el resto de su piel. Y, cuando él estiró los brazos para ponerse la camisa, vio que por la cinturilla de sus vaqueros sobresalía otra que reptaba por su columna.

Poco antes, cuando le había preguntado por la cicatriz del costado, Rob le había dicho que se cayó siendo niño. Ahora, Rebecca se preguntó si le habría mentido. Rob no era torpe. Era atlético y ágil como un ciervo. No podía creer que de niño hubiera sido distinto.

Entonces, ¿por qué le había mentido?

Se acercó a él y vio que sus hombros se tensaban al sentirla aproximarse. Preparándose para un nuevo rechazo, Rebecca le alzó la camisa sobre la espalda. Pasó un dedo a lo largo de la cicatriz, y notó que él se tensaba un poco más. Sintió un nudo en la garganta al recordar las palabras de Andrea.

«...en esa época, llevaba siempre un látigo... algunos decían que hasta dormía con él... tiró al jockey del caballo... la emprendió a latigazos con el animal... el veterinario dijo que nunca había visto nada semejante...».

Rebecca cerró los ojos, conteniendo las lágrimas. Podía ver a Rob de niño, con las rodillas nudosas, los brazos larguiruchos, flaco como un espárrago. El pecho y la espalda bronceados por el sol, los homóplatos sobresaliendo de su espalda, tan prominentes como codos. Podía verlo huyendo de su padre. Oía el temible chasquido del látigo. Sentía el dolor del latigazo sobre su espalda, desgarrando la carne. Oía sus gritos.

Contuvo las lágrimas y se obligó a abrir los ojos para mirar la cicatriz.

—Fue tu padre quien te hizo esto.

Rob se apartó de ella, quitándole la camisa de la mano y abrochándosela rápidamente.

Pero era demasiado tarde. Rebecca ya lo había comprendido. Finalmente había conseguido juntar las piezas del rompecabezas. Ahora comprendía por qué sabía Rob que había sufrido malos tratos antes de que ella se lo contara. Por qué le pareció tan esquivo, tan retraído, la primera vez que lo vio. Rob había adivinado desde el principio que la habían maltratado porque él había pasado por una experiencia semejante. Y era esquivo y distante porque había aprendido de la peor manera posible a no confiar en nadie, y especialmente en quienes decían quererlo.

Sin embargo, aun sabiendo a lo que se enfrentaba, Rob no había huido de las inseguridades y la histeria de Rebecca, como habría hecho cualquier otro hombre. No, se había quedado con ella, la había ayudado a asumir las atrocidades de su pasado, ofreciéndole su comprensión y su apoyo.

Pero, al verlo apartarse de ella, con la espalda tan rígida como una pared de acero, Rebecca comprendió que no quería que intentara reconfortarlo, que se pondría furioso si le ofrecía alguna palabra de consuelo.

De modo que, en lugar de ello, le ofreció su corazón.

—Te quiero.

Él dio un respingo, como si le hubiera pellizcado.

—No —dijo, sacudiendo la cabeza—. No puede ser.

—Yo sé lo que siento. Y te quiero.

Él siguió sacudiendo la cabeza, como si al hacerlo pudiera impedir que sus palabras, que su amor lo alcanzaran.

—No puedes —dijo—. No quiero que me quieras.

Rebecca exclamó, furiosa:

–Pues es una lástima, porque no puedo cambiar mis sentimientos. Están ahí. Así que tendrás que afrontarlos.

Él se dio la vuelta y la miró fijamente, enfurecido. Entonces se abrió la camisa, arrancando los botones, y dejó al descubierto el pecho y la cicatriz de su costado.

–Me preguntaste cómo me hice esto y te dije que me caí. No te mentí. No del todo, al menos. Me caí, sí. Me caí cuando intentaba escapar de mi padre.

–El látigo... –musitó ella, sintiendo que los ojos se le llenaban de lágrimas.

–Así que has oído hablar de mi padre.

–Un poco. Le pregunté a Andrea por él. Pero no me dijo que te maltrataba.

–¿Maltratarme? –él echó la cabeza hacia atrás y se rio, aunque en su risa no había ni rastro de alegría–. Qué palabra tan amable y comedida. Me extraña que la uses precisamente tú. ¿Por qué no lo llamas por su nombre? Aquello era un infierno. Un puro infierno. Mi padre no me maltrataba, Rebecca. Me pegaba hasta dejarme medio muerto. Y me pegaba más aún si lloraba. Era mi padre. Y conocía todas mis debilidades. Todos mis miedos. Y se aprovechaba de ello. Yo odiaba las arañas. Me daban pánico. Así que él me encerraba en la bodega. Sin luz. Sin ventanas. Solo oscuridad y tierra en las paredes y en el suelo. Y arañas. Miles de ellas. Caían del techo sobre mi cabeza, subían por mis piernas, por mis brazos, por mi cara. Yo gritaba durante horas enteras. Le suplicaba que me dejara salir. Y él lo hacía. A la mañana siguiente. Una vez me tuvo dieciséis horas encerrado allí. Dieciséis horas de puro infierno.

En algún punto de su relato, Rebecca se había tapado la boca con las manos. No recordaba haberlo hecho, no sabía qué parte de la horrible escena que Rob acababa de describirle le había provocado aquella reacción. Además, una parte de ella deseaba taparse los oídos.

Pero Rob aún no había acabado.

–La infancia perfecta –dijo amargamente–. El sueño de cualquier niño. Pero había veces que rezaba para que me metiera en la bodega. Lo prefería mil veces a las otras formas que ideaba para aterrorizarme –inconscientemente, se pasó un dedo sobre la cicatriz del costado, como si la herida aún le doliera–. El látigo hacía daño. Pero no fue lo peor. Yo tenía un perro. Rip, se llamaba. Iba a todas partes conmigo. Era mi mejor amigo. Un día, me lo encontré colgado de una viga del establo. No me hizo falta preguntar quién lo había matado. Lo sabía. Después de eso, no quise volver a encariñarme con nada. Ni con una mascota, ni con un juguete. Y, desde luego, tampoco con ningún ser humano –sacudió la cabeza–. Si lo hubiera hecho, sé que él lo habría destruido, solo por hacerme daño. Solo por verme llorar.

Rebecca se apartó las manos de la boca y dejó escapar un suspiro trémulo.

–No sé por qué me cuentas todo esto. Si lo que intentas es que cambien mis sentimientos hacia ti, has fracasado. Ahora que sé lo que pasaste y lo bueno y generoso que eres, a pesar de todo, te quiero aún más.

Él resopló, apartándose de ella bruscamente.

–Entonces es que eres tonta.

A Rebecca ya la habían llamado tonta otras veces, y hasta se lo había creído durante un tiempo..., pero ya no. Nadie volvería a llamarla tonta. Cruzó la habitación y, agarrándolo del brazo, lo obligó a girarse. Cuando habló, la voz le temblaba de rabia, no de miedo.

–Si te parezco una necia por quererte, peor para ti. Pero no cometas el error de llamarme tonta. No volveré a permitir que ni tú ni nadie me llame tonta otra vez –le soltó el brazo–. No sé qué pretendes conseguir con esta conversación, pero te diré una cosa. Nada de lo que digas cambiará lo que siento por ti. Nada.

El arqueó una ceja.

–¿De veras? A ver qué te parece esto. Le di a mi padre tal paliza que estuvo dos meses hospitalizado. Tuvieron que hacerle la cirugía plástica para reconstruirle parte de la cara.

Rebecca, asombrada, dio un paso atrás.

–No –musitó, y se tapó los oídos con las manos–. Estás mintiendo.

–No, es la verdad. Pregúntale a Andrea, si no me crees. Le pegué con mis propias manos. Con estas mismas manos –repitió, y dio un paso hacia ella, alzando las manos, como si quisiera mostrarle la sangre que las había manchado.

Ella se quedó quieta. No estaba dispuesta a dejarse asustar.

–Si lo hiciste, fue por defenderte. Tú no eres un hombre violento.

–¿Ah, no? –su voz era plana, inexpresiva.

Ella le dio una manotazo para apartarle las manos de su cara.

–No, no lo eres. Pero eres un cobarde. Tienes tanto miedo de que vuelvan a hacerte daño que prefieres no sentir nada. Has construido una inmensa muralla alrededor de tu corazón. ¿Y para qué? –le preguntó–. ¿Para llevar una vida carente de emociones, desprovista de dolor? ¿Para vivir completamente solo, sin temor a que alguien vuelva a decepcionarte?

–Es lo que he elegido.

Rebecca no intentó contener las lágrimas.

–¿Pues sabes una cosa, chico duro? La vida está llena de dolor. Es inevitable. Por mucho que intentes esconderte, el dolor te encontrará –dio un paso atrás–. Yo lo sé, porque cuando Earl murió, pensé que nunca volvería a permitir que nadie me hiciera daño. Pero tú me lo has hecho. Nunca me has alzado la mano, pero me has hecho más daño que él. Me has partido el corazón.

Capítulo Nueve

Rob aguardaba junto a la puerta del despacho de Sebastian, observando, mientras un equipo de detectives de la policía llevaba a cabo un registro. Sebastian también estaba allí, aunque Rob no dejaba de preguntarse cómo podía soportarlo. Quedarse de brazos cruzados mientras unos completos desconocidos fisgaban en sus archivos personales era algo difícil de soportar para cualquier hombre. Y más aún para un hombre como Sebastian.

Aunque este lo había contratado para que encontrara al asesino de Eric, Rob no se hallaba allí en acto de servicio, sino en calidad de amigo. Aunque estaba enfadado porque Sebastian se negaba a decirle a la policía dónde estaba la noche del asesinato de Eric, no pensaba dejarlo en aquel mal trago. Comprendía la razón de su silencio. Las actividades encubiertas de los miembros del Club de Ganaderos de Texas a veces requerían un secretismo que comprometía las leyes civiles... y la seguridad de los propios miembros del club.

Pero, aunque Rob lo sabía, no por ello se sentía mejor. Estaba preocupado por Sebastian, preocupado porque, con su silencio, estuviera sellando su propia condena a prisión. La tarde anterior, cuando Sebastian había pasado por su casa, Rob había intentado razonar con él, advertirlo de lo que estaba en juego. Al ver que no conseguía nada, le habían entrado ganas de darle una paliza. ¿Pero cómo iba a pegar a un hombre que se no se defendía, que aguardaba estoicamente a que Rob descargara sus golpes?

143

–Échale un vistazo a esto.

Rob prestó atención al oír aquel comentario, y vio que uno de los policías le pasaba a otro una carpetilla. El segundo hombre la hojeó rápidamente y luego le lanzó una mirada a su compañero.

Rob oyó pasos a su espalda y, al mirar hacia atrás, vio que un tercer policía entraba en el despacho. Ignorando la presencia de Rob y Sebastian, se acercó a los dos detectives y les entregó un documento doblado. Ambos le echaron un rápido vistazo y luego miraron a Sebastian.

–Señor Wescott –empezó a decir el que estaba al mando–, tenemos en nuestro poder una orden de arresto contra usted. Tiene derecho a guardar silencio. Tiene derecho a...

El rugido que atronó los oídos de Rob lo dejó sordo a cualquier otro sonido. «¡No!», gritaba su mente. «¡No!».

Miró a Sebastian, suplicándole en silencio que dijera algo. Pero Sebastian no dijo nada. No hizo nada. Se quedó allí parado, con expresión impasible, mientras el policía le leía sus derechos.

Pero cuando uno de los policías sacó las esposas, Rob no pudo soportarlo más y se interpuso entre Sebastian y el detective.

–Por favor, no lo espose. Permítale salir de aquí con un poco de dignidad.

El detective miró a Rob un momento y después le lanzó una mirada a Sebastian. Frunciendo el ceño, volvió a engancharse las esposas al cinto.

–Espero no tener que arrepentirme de esto –masculló mientras agarraba a Sebastian por el codo y lo conducía hacia la puerta.

Rob solo recordaba que había visto a Sebastian subirse en la parte de atrás del coche patrulla. Sabía que se había montado en su propio coche y que se había marchado de allí. Lo sabía porque, en ese instante, estaba sentado en el coche. Lo que no sabía era por qué estaba parado frente a la casa de Rebecca, ni cuánto tiempo llevaba allí.

Era ya de noche, y aún no había oscurecido cuando la policía se llevó a Sebastian. Entonces, el sol brillaba en lo alto. Rob lo sabía porque recordaba haber deseado que desapareciera tras una nube. Cualquier cosa por evitar que Sebastian sufriera la humillación de entrar en un coche de policía delante de todo el mundo para ser escoltado a prisión.

Miró la casa de Rebecca, notando que en las ventanas no había luz, y se preguntó: «¿Por qué estoy aquí?». ¿Por qué no había vuelto a casa? ¿Por qué había ido en busca de Rebecca, cuando la noche anterior había hecho todo lo posible por ahuyentarla?

No quería que Rebecca lo quisiera. Demonios, ni siquiera creía en el amor. ¿Y por qué iba a creer? Todas las personas a las que había amado lo habían decepcionado. De niño, había querido a su padre, ¿y qué había conseguido a cambio? Palizas y crueldades sin fin. También había querido a su madre, y había visto cómo esta volvía la cabeza cuando su padre lo azotaba. La había creído cuando le decía llorando que, si era bueno, su padre no tendría que pegarle. Solamente cuando se hizo mayor y su madre murió, pudo perdonarla por no haberlo defendido. Había tenido que alcanzar la madurez, y con ella la capacidad de analizar el pasado, para comprender que su madre también había sido una víctima, que los abusos de su padre no solo lo afectaban a él. Su madre también había sido maltratada.

Mientras miraba la casa de Rebecca, el deseo de entrar se hizo tan intenso que tuvo que aferrarse al volante para no ceder a él. Deseaba abrazarla más que nada en el mundo. Rodearse de su dulzura, de su inocencia... y de su amor. Quería hundirse dentro de ella y olvidar la expresión de la cara de Sebastian cuando

el coche patrulla se lo llevó. Quería olvidar las crueldades de su padre y la debilidad de su madre.

Quería, simplemente, estar con ella.

Pero no podía permitirse el lujo de ceder a sus deseos. Hacerlo sería dar pábulo a la debilidad, perder
poco a poco la fortaleza que lo había ayudado a sobrevivir.

Sería exponerse al dolor y al desengaño una vez
más. Si acudía a ella, Rebecca comprendería que era
débil, se daría cuenta de cuánto la necesitaba y la quería. Y usaría su debilidad para hacerle daño. La expri-
miría hasta que Rob volviera a convertirse en aquel
niño acobardado que suplicaba bajo el silbido del látigo.

No, se dijo, y puso el coche en marcha. Estaba mejor solo.

Estando solo, no había dolor.

No había nada, más que una bendita nada.

Rebecca levantó la cabeza al oír la campanilla.

–¿No te has enterado? –preguntó Andrea, acercándose al mostrador a toda prisa.

Asustada por la cara de preocupación de Andrea,
Rebecca dejó a un lado el ramo de flores que estaba
preparando.

–¿De qué?

–Sebastian Wescott. ¿Es que no lo sabes? Lo han
detenido. La policía cree que fue él quien mató a
Eric.

Rebecca se dejó caer en un taburete. De repente se
sentía demasiado débil para mantenerse en pie.

–¿Detenido?

–Sí. Anoche. Al parecer, registraron su despacho y
encontraron algún documento, alguna prueba que lo
incriminaba.

–El e-mail –musitó Rebecca, preguntándose si Rob,
al final, habría decidido entregárselo a la policía.

–Yo creía que Rob te lo habría contado.

Rebecca evitó su mirada.

–No. No he visto a Rob –sacó una flor de un cubo y se obligó a colocarla en el ramo.

–Rebecca, ¿qué ocurre? ¿Ha pasado algo entre vosotros?

Rebecca no levantó la vista. No podía. Aún no se sentía capaz de hablar de ello.

–No. El trabajo que estoy haciendo en su casa va muy bien. Ayer por la mañana estuve allí con el contratista para empezar a instalar la fuente del patio.

Andrea rodeó el mostrador.

–Yo no me refería al trabajo. Me refería a vosotros dos. A vuestra relación.

Rebecca hizo un gesto de impotencia con la mano.

–Entre nosotros no hay ninguna relación. Solo somos amigos. Eso es todo. Nada más.

Andrea la tomó de la mano antes de que Rebecca pudiera sacar otra flor del cubo.

–Eso es una tontería, y tú lo sabes. Erais más que amigos. Erais amantes. ¿Qué os pasado?

Las lágrimas anegaron los ojos de Rebecca antes de que pudiera contenerlas. Alzó la mirada hacia Andrea.

–Oh, Dios, es tan doloroso...

Andrea apoyó un brazo sobre sus hombros y la condujo hacia la trastienda.

–Lo sé –dijo suavemente–. El amor suele serlo, tarde o temprano. Ahora, cuéntame qué ha pasado. Quizá sea solo un malentendido.

–No –dijo Rebecca, sollozando–. No es un malentendido. Rob me dejó muy claros sus sentimientos. No quiere tener una relación conmigo. Ni querrá nunca. Incluso intentó volverme contra él contándome que pegó a su padre y lo dejó malherido.

–Es cierto que pegó a su padre –dijo Andrea suavemente, y luego se apresuró a añadir–, pero fue en defensa propia. Rob lo vio pegando a su madre y lo apartó de ella. Se pelearon y... –alzó una mano–... su padre acabó en el hospital, con todos los huesos de la cara rotos. Nadie culpó a Rob, aunque hubo una investigación. Todo el mundo sabía cómo era el señor Cole. No era ningún secreto.

–No tienes que convencerme de su inocencia –dijo Rebecca, sacando un pañuelo de papel de una caja y sonándose la nariz–. Sé que Rob no le haría daño a nadie, a menos que tuviera una buena razón. Es Rob quien se considera violento. No yo.

Rob evitaba pasar por el Club de Ganaderos. No soportaba ni siquiera atravesar sus puertas. Cuando lo hacía, se sentía inmediatamente embargado por los recuerdos y los remordimientos. Veía a Sebastian en todas partes. Oía su voz. Y su risa.

Debía haber hecho algo para evitar todo aquello, se decía, enfurecido. Debía haber obligado a Sebastian a contarle a la policía dónde estaba la noche del asesinato de Eric. Debería haber encontrado aquel documento antes que la policía, y haberlo destruido. Haberlo enterrado en alguna parte donde nunca lo encontraran. ¡Debería haberlo quemado!

Pero no había hecho ninguna de esas cosas, y uno de sus mejores amigos estaba entre rejas.

Mientras llevaba el caballo hacia la pradera, no encontraba ningún consuelo en el hecho de saber que el único responsable de su encarcelamiento era el propio Sebastian. Rob no podía haber hecho nada por salvarlo cuando todas las pruebas apuntaban hacia su culpabilidad.

«¡Pero él es inocente!», se decía Rob en silencio. Ese era el problema. Un hombre inocente estaba en la cárcel, mientras un asesino andaba suelto por las calles, y Rob no podía hacer nada por evitarlo. Al menos, no hasta que Sebastian se mostrara dispuesto a hablar, hasta que decidiera ayudar a Rob a demostrar su inocencia. Habían pasado tres días, y no había recibido noticias de Sebastian. Este se negaba a recibir visitas. No quería hablar con nadie. Parecía resignado a ser acusado del asesinato de Eric.

La impotencia que sentía hacía más pesados los pasos de Rob. Este soltó al caballo en la pradera y regresó a la casa lentamente. Una vez dentro, le pareció que las paredes se cerraban sobre él. Allí donde mirara, veía signos de Rebecca. Los tiestos con plantas aromáticas que había puesto en el alféizar de la ventana de la cocina. El pino que ocupaba un rincón del enorme salón, estirando sus ramas hasta casi tocar el techo. Los materiales dispersos por el atrio dejados por el contratista que iba a construir la fuente.

Incapaz de mirar todas aquellas cosas, Rob se fue a su despacho. La lucecita del contestador automático que indicaba que tenía un nuevo mensaje estaba encendida. Rob apretó un botón y se apoyó sobre el escritorio mientras se rebobinaba la cinta.

–¿Rob?, soy Rebecca Todman –él se puso tenso al oír su voz–. Lo lamento, pero no podré acabar el trabajo. Te he mandado un cheque por correo, para devolverte la señal que me diste, descontando los gastos que he hecho hasta la fecha. Yo... –hizo una pausa, y Rob se inclinó hacia delante, expectante, ansioso por oír qué más iba a decir, desesperado por oír de nuevo el sonido de su voz–. Yo... lo siento –dijo, y entonces se oyó un *clic*.

Rob apretó el botón de rebobinado y escuchó el mensaje otra vez. La voz de Rebecca era tensa, profesional, diferente a la que él conocía.... hasta que llegaba el final del mensaje. Pero en aquel «Lo siento», Rob percibió su angustia y sintió que aquellas palabras se enroscaban en su corazón, estrujándolo.

«Lo siento».

Se puso en pie y se quedó allí parado, con los ojos y la garganta ardiendo. ¿Por qué le pedía disculpas Rebecca?, se preguntó. ¿Qué pecado había cometido? ¿A quién había engañado?

Su único pecado había sido entregarse demasiado, enamorarse del hombre equivocado. Y si alguien había cometido un error, ese era Rob. Porque durante un tiempo había perdido el norte, había bajado la guardia.

Y, al final, se había hecho daño a sí mismo.

«Es mejor así», se dijo, y se dirigió a su habitación. Para los dos. Cortar cualquier vínculo y seguir adelante, ¿no era eso lo que había aprendido? ¿No era esa la filosofía conforme a la que vivía?

Se quitó la camisa y se metió en la cama, exhausto.

Pero no pudo dormirse.

El olor de Rebecca lo rodeaba, lo obsesionaba. Aquel ligero perfume a flores que había llegado a asociar con ella. Se volvió de lado... y casi pudo sentir el calor de su cuerpo acurrucado junto al suyo. Se tumbó de espaldas y cerró los puños sobre los ojos para ahuyentar los recuerdos.

Pero aun así seguía viéndola. La dulzura de su sonrisa. La pasión que enturbiaba el azul de sus ojos cuando la penetraba. Su voz resonaba a su alrededor, tersa y embriagadora. «Soy tuya. Toda yo».

Se levantó de la cama enfurecido por no ser capaz de olvidarla. De camino al patio, agarró una botella de whisky del bar del salón y luego se dejó caer en una silla junto a la mesa del patio, decidido a ahogar sus penas en alcohol.

A olvidar.

A anestesiar el dolor.

Rebecca abrió la puerta trasera de su casa y entró en la cocina, exhausta después de pasar todo el día trabajando en la tienda.

–Hola, Sadie –murmuró cansinamente, tomando a la gata en brazos–. ¿Me has echado de menos?

...ad es que sí.

...a dio un respingo, sobresaltada al oír una ...asculina y, al darse la vuelta lentamente, vio a ...ob de pie delante del fregadero, apoyado contra la encimera y con los brazos cruzados sobre el pecho, observándola.

Ella miró hacia la puerta.

–No te preocupes. Dejaste cerrada la puerta.

Rebecca lo miró, atónita.

–¿Y entonces cómo has entrado?

Él se encogió de hombros.

–Los detectives tenemos nuestros trucos.

Sintiendo una punzada de rabia, Rebecca echó mano al teléfono.

–Esto es allanamiento de morada. Voy a llamar a la policía.

Rob la agarró de la mano antes de que pudiera descolgar el aparato.

–No hace falta –dijo–. No he venido a robarte.

–Es un alivio saberlo –dijo ella con sorna.

Él la soltó y se dio la vuelta para mirarla de frente.

Rebecca dio un paso atrás, asustada por cómo la miraba.

–¿Qué quieres?

Rob señaló hacia la mesa. Alineadas sobre ella había varias plantas que presentaban signos de enfermedad: flores mustias, hojas secas y arrugadas, ramas desprovistas de verdor.

–Se están muriendo –dijo él con sencillez.

Rebecca hizo un esfuerzo por permanecer donde estaba.

–Ya lo veo.

–¿Puedes salvarlas?

Rebecca recordó otra ocasión en que él le había pedido que salvara una planta. En aquel momento, había sentido que le estaba pidiendo que lo salvara a él. Entonces no había comprendido por qué necesitaba su ayuda, ni sabía lo que le había pasado.

151

Pero ahora, sí. Y también sabía que y
cuanto podía por ayudarlo. Le había dado
día darle. Le había entregado su corazón, y él lo
rechazado sin contemplaciones.

Rebecca se agachó para dejar a Sadie en el suelo.

–Lo siento. Es demasiado tarde.

–¿Estás segura?

Temiendo que su resolución se debilitara si lo miraba, Rebecca se acercó a un armario y sacó una lata de comida para gatos.

–Sí, estoy segura.

–Pero si ni siquiera las has mirado. ¿Cómo puedes estar tan segura?

Ella puso la lata en el abridor eléctrico y apretó el botón, sujetando la lata mientras la cuchilla giraba.

–No hace falta que las mire más de cerca. No puedo hacer nada por ellas.

Oyó los pasos de Rob sobre las baldosas del suelo, el roce de una maceta de barro sobre la superficie de la mesa.

–Yo creo que aún les queda un poco de vida –dijo–. Un poco de verde.

Apretando los labios, ella retiró la tapa de la lata y vertió la comida en el cuenco de Sadie.

–Entonces llévatelas a casa y riégalas. Sálvalas tú.

–No puedo. Lo he intentado. Y no funciona.

Ella cerró los ojos al percibir la desesperación que resonaba en su voz tersa.

–No puedo ayudarte, Rob. No puedo.

–¿Y si lo intentáramos juntos? Tú y yo. ¿Crees que así funcionaría?

Ella abrió los ojos, conteniendo las lágrimas.

–¿Por qué haces esto? ¿Es que no me has hecho ya suficiente daño?

Rebecca se puso rígida al sentir la mano de Rob sobre su hombro.

–Te necesito, Rebecca –dijo él suavemente–. Más

...s. Siento haberte hecho daño. No era
...n. Nunca te haría daño a propósito. Solo
...ba evitarnos más sufrimientos.

Ella se dio la vuelta y lo miró fijamente.

—¿Qué sufrimientos, Rob? —gritó—. ¿El sufrimiento
de amarnos? ¿El de cuidarnos el uno al otro? No podemos escapar al dolor, Rob. Cuando se trata del corazón, siempre hay tristeza, y también alegría.

—Ahora lo sé. Pensé que poniéndole fin a nuestra
relación, que rechazándote, podría evitar enamo-
rarme de ti —alzó una mano para pasar los nudillos
bajo los ojos de Rebecca, enjugando una lágrima antes de que cayera—. Pero era demasiado tarde, Rebecca. Ya estaba enamorado de ti.

Ella reprimió un sollozo. Tenía miedo de creerlo.

—Debes estar seguro de lo que dices, Rob. Oh, Dios
mío, por favor, debes estar seguro. No creo que pudiera soportar que me rompieras el corazón otra vez.

Él deslizó la mano alrededor de su cuello.

—Nunca he estado tan seguro de algo en toda mi
vida. Te quiero, Rebecca. Nunca le había dicho esto a
una mujer. Nunca había sentido por nadie lo que
siento por ti. Tú haces que me sienta completo. Por
primera vez desde que recuerdo, siento emociones. Y
es gracias a ti. Tú abriste mi corazón al darme el tuyo.
Ahora, deja que yo te entregue el mío.

Ella buscó su mirada y en sus ojos solo vio sinceridad... y amor.

—Sí —musitó—. Sí.

Rob la atrajo hacia sí, apretándola contra su pecho.

—Rebecca —musitó, alzándole la cara hacia él. A Rebecca la sorprendió ver lágrimas en sus ojos—. Contigo
me siento tan vulnerable.

Ella puso una mano sobre su corazón.

—Y tú haces que me sienta fuerte.

Él sacudió la cabeza.

—No. Tú siempre has sido fuerte. Yo solo te ayudé a
encontrar tu fortaleza —la besó suavemente—. Cásate

conmigo, Rebecca. No quiero pasar ni
ti.

Ella le rodeó el cuello con los brazos.

—Yo tampoco.

Rob la besó apasionadamente, ofreciéndole una
muestra de lo que la aguardaba, del amor que pensaba darle.

—Mañana —dijo él, apartándose un poco para mirarla—. Nos casaremos mañana mismo.

—¡Mañana! —repitió ella, asombrada—. Pero no podemos casarnos tan pronto.

—Entonces, este fin de semana —dijo él—. Celebraremos la boda en el club. Ellos se encargarán de organi-
zarlo todo. Nosotros solo tendremos que presentar-
nos.

Rebecca se soltó de su abrazo y, al mirar por la ventana y ver el jardín lleno de flores que empezaban a
abrirse, recordó los sueños que había plantado entre
ellas.

—No —dijo suavemente, sintiendo que los pétalos de
sus sueños comenzaban a abrirse en su corazón—. Nos
casaremos aquí. En mi casa. En mi jardín.

Él se acercó a ella por la espalda y deslizó los brazos alrededor de su cintura. Apoyando la mejilla contra la de ella, dijo:

—Como tú quieras. Lo que a ti te haga feliz, amor
mío.

Ella se dio la vuelta en sus brazos, sonriendo a través de las lágrimas.

—Tú me haces feliz, Rob Cole. Solamente tú.

Epílogo

Rob no había asistido a muchas bodas. Y, desde luego, nunca había asistido a una en el papel de novio. Pero, hasta donde él sabía, aquella boda era perfecta. Había oído decir a algunas de las invitadas que el jardín de Rebecca parecía salido de un cuento de hadas y que debería incluir la decoración de jardines para boda en los servicios de su floristería.

Aunque él no les prestaba mucha atención a aquellos detalles, Rob debía darle la razón a las invitadas. El jardín de Rebecca parecía sacado de un cuento de hadas. Había flores por todas partes. Además de las que crecían en los parterres, Rebecca había puesto cestas y jarrones llenos de flores por todo el jardín. Pequeñas bombillas blancas rodeaban los troncos de los árboles y colgaban de la cornisa del tejado que daba al patio, y una lámpara más grande, que proyectaba un fulgor parecido al de la luna, colgaba oculta entre las ramas de la enredadera que cubría el arco de entrada. Bajo aquel halo de luz plateada, Rob había jurado amar, honrar y proteger a Rebecca para siempre.

Y lo haría, se prometió a sí mismo. No permitiría que nadie volviera a hacer daño a Rebecca.

–¿Qué haces aquí, tan solo?

Rob bajó la mirada y vio que Rebecca deslizaba un brazo alrededor de su cintura. Sonriendo, le pasó un brazo por los hombros y la apretó contra su costado.

–Solo estaba pensando en lo afortunado que soy. Tengo una mujer hermosa con la que compartir mi vida y un maravilloso círculo de amigos... –se interrumpió a mitad de la frase, incapaz de acabarla.

Rebecca apoyó la cabeza contra su

–Lo sé –dijo tristemente–. Yo también
nos a Sebastian. Ojalá estuviera aquí.

Rob apretó los labios, intentando reprimir la e
ción que le anudaba la garganta.

–Sí, yo también. Me parece que falta algo sin él.

Rebecca se movió y, colocándose frente a él, deslizó los dedos bajo las solapas de su chaqueta.

–Celebraremos otra fiesta cuando lo dejen en libertad.

Rob forzó una sonrisa.

–Sí. Y le echaré una buena reprimenda por haberse perdido nuestra boda.

Riendo, Rebecca se puso de puntillas para besarlo.

–Así aprenderá la lección, estoy segura.

Rob la apretó contra su costado y ambos contem-
plaron a los invitados, que reían y hablaban en grupos
por todo el jardín. Al ver que Dorian estaba conver-
sando con Keith, Rob frunció el ceño.

–He oído que Dorian ha contratado a una presti-
giosa abogada criminalista para que defienda a Sebastian.

–Sí, yo también lo he oído –dijo Rebeca–. Susan
Wysocki, creo que se llama –alzó la mirada hacia
Rob–. ¿Crees que podrá demostrar su inocencia?

Rob se encogió de hombros.

–Si Sebastian está dispuesto a ayudarla, creo que sí
–al ver la preocupación reflejada en los ojos de Rebecca, Rob la tomó de la mano y la llevó hacia los invitados. No quería que nada estropeara el día de su
boda.

–¿Cuándo crees que podremos escaparnos de toda
esta gente?

Riendo, Rebecca se colgó de su brazo.

–Te hecho una carrera hasta tu coche.

pte 2 de nuestras mejores novelas de amor GRATIS

¡Y reciba un regalo sorpresa!

Oferta especial de tiempo limitado

Rellene el cupón y envíelo a
Harlequin Reader Service®
3010 Walden Ave.
P.O. Box 1867
Buffalo, N.Y. 14240-1867

¡Sí! Por favor, envíenme 2 novelas de amor de Harlequin (1 Bianca® y 1 Deseo®) gratis, más el regalo sorpresa. Luego remítanme 4 novelas nuevas todos los meses, las cuales recibiré mucho antes de que aparezcan en librerías, y factúrenme al bajo precio de $2,99 cada una, más $0,25 por envío e impuesto de ventas, si corresponde*. Este es el precio total, y es un ahorro de más del 10% sobre el precio de portada. !Una oferta excelente! Entiendo que el hecho de aceptar estos libros y el regalo no me obliga en forma alguna a la compra de libros adicionales. Y también que puedo devolver cualquier envío y cancelar en cualquier momento. Aún si decido no comprar ningún otro libro de Harlequin, los 2 libros gratis y el regalo sorpresa son míos para siempre.

416 BPA CESK

Nombre y apellido	(Por favor, letra de molde)	
Dirección	Apartamento No.	
Ciudad	Estado	Zona postal

Esta oferta se limita a un pedido por hogar y no está disponible para los subscriptores actuales de Deseo® y Bianca®.
*Los términos y precios quedan sujetos a cambios sin aviso previo.
Impuestos de ventas aplican en N.Y.

SPD-198   ©1997 Harlequin Enterprises Limited

Luke Freeman acababa de [...]
que había vuelto su vida del revés: ¡su a[...]
había tenido una amante! Sin embargo, la[...]
sorpresa fue que las pistas que tenía sobre [...]
amante secreta lo llevaron hasta una bella joven...

Luke no lo sabía, pero Celia no era exactamente la mujer que estaba buscando. Aun así, no
pudo evitar sentir una inmediata atracción por ella...
una atracción tan fuerte, que decidió que debía
tenerla a toda costa. Pero el precio de la pasión era
la venganza...

Venganza Secreta

Miranda Lee

PÍDELO EN TU PUNTO DE VENTA

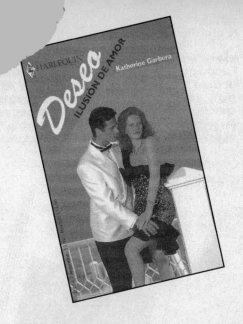

Solo dos cosas habían conseguido que la atención del millonario Preston Dexter se alejara de la idea de ganar más dinero... ¡las piernas de Lily Stone! Desde el momento en el que vio aquellas dos maravillas, Dexter no pudo pensar en otra cosa que no fuera conquistar a la bella Lily. Pero, en su lucha por seducir a aquella encantadora virgen, descubrió que ambos sentían las mismas pasiones. Y, después de sus deliciosos besos, Preston se encontró dispuesto a aceptar cualquier cosa que ella le pidiera... incluso el más importante de los compromisos.

PÍDELO EN TU PUNTO DE VENTA

Amir era el orgulloso p[...]
jeque y, por tanto, heredero al trono[...]
Estaba acostumbrado a conseguir todo lo qu[...]
aba... Y lo que más deseaba era a Lydia. En[...]
días... y tres noches, hicieron realidad todas y cad[...]
una de sus fantasías; su pasión parecía no tener lími-
tes. Lydia sabía que enamorándose había roto las
reglas del juego. Pero ya era demasiado tarde...

Tres días juntos

Kate Walker

PÍDELO EN TU PUNTO DE VENTA